나는 물을 베고 눕는 오리

엄환섭 열 번째 시집

나는 물을 베고 눕는 오리

초판 인쇄 2024년 5월 15일
초판 발행 2024년 5월 25일

지은이 엄환섭
펴낸이 홍철부
펴낸곳 문지사

등록 제25100-2002-000038호
주소 서울특별시 은평구 갈현로 312
전화 02)386-8451/2
팩스 02)386-8453

ISBN 978-89-8308-599-3 (03810)

값 12,000원

엄환섭 열 번째 시집

나는 물을 베고 눕는 오리

문지사

열 번째 시집을 내면서

눈길을 혼자 걸어간다

발소리는 사라지고 발자국만 남는다

눈이 나인지 발자국이 나인지 하나둘 소담하게 땅 위에 쌓이는 하얀 자취

끝없이 자연을 순례하는 나의 삶이 마치 자연 속에서 소풍 가듯 즐거운 날 즐거운 시간에 또 시를 세상에 내놓게 되었다

모두 자연을 주제로 한 이야기들이다

다만 시라는 말 대신에 봄꽃이라는 말을 하고 싶다

혹한과 얼음을 이긴 강인한 생명력이 있는 시가 단 한 편이라도 있었으면 좋겠다

모든 걸 다 내어 주고도 모자란 어머니 같은 눈빛이 자연 속에는 항상 있다

오솔길을 걷고 숲을 지나며 물소리를 듣고 새소리를 듣고 자연의 아름다운 열정에 들떠 읊조린 글이 단순한 서정이라는 전통을 벗어나 새로운 형식을 만들어 보겠다고 마음의 끝없는 세계를 다양한 느낌으로 표현해 보겠다고 또 오기도 부리고 허상도 많이 만들었다

하늘 땅 해 달 강 바다 나무 풀 새소리 풀벌레 소리 점점 더 내 발끝에 닿아 있다 내 안의 세계와 내 밖의 세계가 고립되지 않고 하나로 연결되어 가고 있다

누구나 안과 밖이 존재하지만 하나의 자연으로 다 연결되어 있다

하지만 아무리 사람이 자연에 심취해도 자연의 한 끄트머리에도 닿지 못한다

안과 밖의 세계가 조화로운 사람들은 대립의 벽을 허물고 자연과 잘 소통하는 사람이라 생각한다

정신의 고향이라는 자연 속에서 자연의 향기도 자아의 향기도 느낄 수 있는 시가 되면 좋겠다

최첨단 디지털 시대에 자연의 사진만 찍는 나는 분명 현실에는 눈을 감고 사는 사람일 것이다

그러나 나는 나의 평온함이, 나의 침잠된 영혼이 복잡한 현실을 응시하고 있을 때보다 풀 한 포기 나무 한 그루 새소리 물소리를 듣고 있을 때 찾아왔다

또 그것이 나의 편안한 펜치가 되었다

우리가 먹고사는 벼 보리 콩 고구마 감자 마늘 파 등등 그 작목들조차도 디지털 시대라고 하여 필요 없진 않을 것이다

시의 발아점이 자연을 향한 노래라면 나의 이 시 작업이 부질없는 짓은 아닐 것이다

다시 한번 멈춰 섰다가 주저앉아 수북이 쌓인 낙엽 속에서 묵묵히 솟아오르는 풀꽃들처럼 내 몸도 마음도 봄이 오는 방향 쪽으로 비스듬히 마중 나가는 중이다

내세울 것 없는 나의 이 시도 한 사람 한 사람 독자들이 어루만져 준다면 시에도 혼이 있어 누군가를 위로하고 괴로운 마음을 치유하는 약이 되길 꿈꾸면서 10집을 낸다

차례

차례

2 / 빈 것을 두둔하고 싶은 날 오후

차례

3 / 산책로에서

1

나는 물을 베고 눕는 오리

나는 물을 베고 눕는 오리

무엇을 먹어야 할지
내게는 얼마간의 물이 필요해 항상 흘러내리고 싶어
항상 연결되고 싶어
앙금앙금 집을 나가는 일이 너무 많았다
물을 밀고 물에 밀리는 소란 출렁거리는 불안
물소리 나는 방 안
부풀어 오르는 물이 좋아 오리발로 물속에 들어간다
분주하게 몸을 닦던 손에 묻어온 물 냄새 흙냄새 바람 냄새는
누구와도 나누어 가질 수 없다
나의 생은 물, 나는 축축하게 물들어 산다
이슬이 잔뜩 묻은 오리라 놀려도 좋다
다리가 짧아 쉽게 흔들리는 나
우리의 식단은 너무 흔들려서 밥을 먹는 입들은 분주하고 생소
하다
물 속에서 정성을 다한다는 게 어떤 것인지 보여주고 싶다
한 사발 육자배기에 욕된 몸 뜨거운 나는 하늘을 춤추다 별이
어리는 강에 얼굴을 내미는 우아한 백조는 아니다
그래도 긴 노을을 펴는 건 선술집 주모의 맵싸한 욕지거리
조그만 물고기를 먹이로 삼고
물 속에 들어갔다 물 밖으로 나왔다 내 속에도 물 울음소리가
나고 강물 속에도 물 울음소리가 나고 물고기 속에도 물 울음소
리가 난다

물은 문을 닫는 손도 문을 여는 손도 가지고 있다

다리 하나는 물속을 헤엄치고 다리 하나는 노을 속에 담긴다

나는 맨발이 신이다

발을 움직일 때마다 손잡이를 돌릴 때마다 물은 항상 연결되어 있었다

나무는 잎으로 숲을 만들지만 물은 파도로 강과 바다를 만든다

나는 오리 작은 귀뚜라미 울음소리에도 흔들린다

물을 밀면 골목이 길어진다.

돌멩이는 깨지지 않아 한 몸 추슬러가면 새파란 물이끼를 겉옷으로 입는다

출렁출렁 물속에 삶은 검푸를수록 깊은 수심

온 세상이 앓는지 아님 아픈 게 아닌지

하늘이 시끄러운 시간을 물속에 풀어 놓는다

나는 강 속 어디쯤을 채굴하고 있을까 내 속의 무엇을 채굴하고 있을까

달무리가 하늘에 번지던 날

물 묻은 저녁이 강물에 낮게 엎드리고 내가 강물을 파고들고

물 속에 숨은 달은 하늘을 밀고 간다

안개를 지우고 나를 지우고

혼자 일렁이는 안개
물상들이 번져가고 어스름 움켜쥔 하늘
산길 따라 물길 따라 천 리라도 가고 만 리라도 가고
낯익은 외딴집 목이 멘다
지붕의 이슬방울들이 낙숫물 되어 떨어진다
그 낙숫물 소리 그치고 나면 나는 무엇이 될까

아침 안개 속으로 틈틈이 내미는 해
오선지 위에 박자 없는 음표를 그리고
바다의 기억을 길게 풀어놓는 바람 소리 파도 소리
그 소리 듣고 있으면 내가 파도가 되어 출렁인다
세상이 귀를 열고 눈을 뜨고 있으면
햇빛에 반짝이는 매미 울음소리가 편지를 쓴다
태산을 미끼로 문 하늘
바위와 나무를 끝없이 베어 먹고
벌어진 이빨 사이에 무지개가 번진다

차가운 빙하와 얼어붙은 밤을 데리고 별들은 어디로 가고
안개만 먼지처럼 부서져 내리기도 하고 솟아오르기도 한다

나는 내가 아닌가
고향에 있어도 고향을 잃은 가슴

나의 세계
뇌리에 깊이 묻어둔 별 하나 별 두 개
푸른 바다 은빛으로 부서진다
하얀 포말 사이사이 고기떼가 은빛 지느러미 흔들면 바다가 부
풀어 오른다

해의 고운 치아 붉은 입술이
메마른 가슴에 가득 찰 때
아침을 연주하는 푸른 하늘에
감정의 씨줄과 날줄로 엉켜 몽롱해진다

안개 낀 아침 마법의 거울로 살짝 비춰
깊은 안개 속을 빠져나가고 싶다
오늘도 세상을 호령할 태양이 서서히 오고
밤새 내 발밑에는 작은 사막이 하나 있다

나와 간절한 대화

무한한 색으로 표시되어 있는 창
그 안에 있는 것은 무엇일까
표시등도 보이고 표시기도 보인다
잎사귀는 헤아릴 수 없어서
기둥으로 그루를 세야 할 것들이 무수하다
상한 마음은 그 뿌리를 내려다보면
누구든 무엇이든 해법은 사전 몇 권쯤은 가지고 있을 것이다
다의적인 사람의 입김과 당신은 흩어진다.
인   터   넷   휴   대   폰 속의 인공 숲과 초원
눈이 내리고 눈이 쌓이고
공원 상공을 채우는 하얀 인공안개
당신이 생각했던 자리에 안개가 피어있다
나무 사이에 끼어있는 스티로폼 조각들
산 들 바다 젖은 곳이 하나도 없다
별빛도 달빛도 검게 타오른다
집 밖의 세계에 발을 내디딜 때까지

나는 현관문을 열고 싶었다

열었다 닫았다 닫았다 열었다

열렸나 닫혔나 중얼중얼 현관문 앞을 서성인다

벽이 문에 충돌하고 방이 문에 충돌하고 업보가 쌓이고 있다

창밖에 빨랫줄이 반짝이고 있다 해가 반짝이고 있다

새는 창안에 갇혀 있는 세상의 껍질을 벗기고 싶어 창문에 부딪히기도 한다

고무공처럼 달이 빛이 없다

유리창에 달을 방에 심어도 달은 방에 없다

물기 없이 윤이 나는 세상은 허리를 펴고 별을 음미하는 건 무리겠지

요정들은 날마다 벽에 갇혀 신드바드의 모험은 쓸쓸한 이름일 뿐

배도 항해하지 않았고 베니스도 보이지 않았다

몽롱한 잠에 이끌려 온 모서리 어둠 속에서 이제 한낮을 호미질하며 젓갈 냄새나는 동쪽 어디쯤 되는 나라에서

맨몸을 바다에 던지는 자유인이 되고 싶어 혀 내밀고 바람을 가르며 내달리기 좋은 환상적인 날 서둘다 어깨를 부딪치며 현관문을 활짝 연다

똑 똑 똑 이제 산책할 시간이다

캄캄한 길에 내가 서 있는 꿈

앞이 보이지 않는다
갈림길에서

캄캄한 길에서 늙고 지친 맹수 한 마리
내가 서 있는 세상에서 가장 긴 그림자가 나의 것이라니
길바닥으로 쓸쓸히 흘러내린다

찍어 먹을 게 없다는 듯 참방참방 하늘을 소리도 없이 가는 달
네 심장이 하늘을 감아쥔 채 천지를 밝힌다
심장이 터지라 뿜어보아라 세상이 보이지 않는 곳까지

잔칫상 같은 길에는 크고 작은 눈이 하얗게 내린다
나뭇가지에 눈이 찌그러지는 추운 울음소리 툭툭거리고
턱이 빠지라 비명을 질러댄다

세상에서 가장 긴 키가 나무라면 의자처럼 앉는 자세를 살펴야
겠지

길은 가야 한다 길을 가기 위해서는 축을 알아야 한다
축은 영역
머리 위에 있는 축을 오른쪽으로 돌린다 또 왼쪽으로 돌린다
미처 알지 못한 나의 하늘 높이

닿을락 말락 허공을 날다 뛰어내린 그네뛰기 어안이 벙벙했던 한 시절

거울을 보지 않는다면 내 얼굴의 정면을 볼 수가 없다 내가 나를 보지 못한다
직사각형 화장실 벽에 정사각형 거울이 있는 타일 위에서 나를 증식시킨다

나의 가치는 머리카락 위에서 헛돌고 길 위에 널어진 도로는 끝없는 파문
굵은 팔다리들은 이정표 줄줄 흘러간다

눈이 온다 잿가루 눈이 바람을 감아쥔 요란스러운 포말 끓어 넘친 하늘의 하얀 시간
세상은 하얗고 컴컴한 배후뿐이다
나는 모든 걸 잊은 채 노곤한 길 속에 빠져있고
천길만길 다리는 곧은 길에 빠져있다
초라한 내 두 발이 벌겋게 돌아설 때 심해어의 눈처럼 어디로 가고 있는지
무엇을 보고 있는지 알 수 없다 눈에 초점이 없어도 지구는 돈다

의식이 엄밀히 진행되고 있습니다

대문을 굳게 닫아건 마당
징소리 북소리 서두릅니다
횡설수설 고함이 하늘에 꽂힙니다
세상이 흔들리고 동네 개들의 합창이 시작됩니다
날씨는 봄눈이 움찔대는 입춘을 지나
하얀 털을 한 손으로 쓰다듬는 사람 같습니다
양 무릎을 꿇고 왼손에게도 오른손에게도
기도는 중요합니다
기도는 어머니를 통과하고 시작됩니다
바람같이 사라지려는 주문의 끄트머리를 잡으려고 아무리 달
려도
길은 수시로 뚝뚝 끊어집니다
대문을 닫고 마당에서 무릎을 감싸고 바라본 하늘에는
어머니가 부쳐 주던 동그란 애호박전이 희미하게 떠 있습니다
혼자가 되어야 외롭지 않은 세상입니다
서랍 속에서 밤새 보따리를 풀었다 다시 묶는 어머니는
반딧불이 떨어지는 밤을 지키며
새 이름을 부르며 바람을 손으로 당겨 손바닥을 비벼댑니다
냉기로 가득 찼던 불임의 마당이 임신합니다
왕진 나온 바람이 금방이라도 주저앉을 것 같은
촛불을 쓰다듬습니다
하얀 유기그릇에 외로움을 견디고 있는 물이 지금 임신 중입니다
태교는 봄볕 같은 침묵의 몫입니다

그렇게 하지 않았으면 안 됐을 것처럼

어느 사람을 사랑했을까
노동자일까 시인일까
익숙하지도 않은 것을 보면 사랑 같은 것이 아닐지도 몰라
누구나 열정적으로 즐길 수 있는
오락 게이머 같은 다의적인 인간들이란
뼈 한 조각 남기지 않고 쪼아 먹는 새 같을 수 있어

바람은 오전에서 오후로 넘어가는 절벽을 오르는 일을 그만두
고 싶었다
하늘 높이 올라가는 건물들이 무서웠을 것이다
바람이 들락날락 나뭇잎의 달콤한 냄새가 나고 산 냄새뿐인 코
끝이 상큼하다

구름이 비가 되어 내린다
바람이 물이 되어 내린다
다 피가 되고 살이 되겠지 지나치면 독이 되지만

우리는 안개 속에 뜬 불안한 베이비박스에
무덤덤함을 빼거나 무덤덤함을 더하거나 하다가 또 게임을 즐
긴다
오늘은 환상적인 날씨다
웃음소리 박수 소리
감탄 섞인 혀 내밀기까지 모두 리드미컬한 춤 같다
그렇게 하지 않았으면 안 됐을 것처럼

제로보다 못한 것들
바람의 울음소리 물의 울음소리가 섞인다
먼지투성이 바람 흙투성이 물
온전한 건 무엇인지 또 열정적으로 부르는 이름들까지 알만하다
모두 다 잊어줄까 새하얗게
바람을 피우다가 바람처럼 사라진다
혹 쓸쓸하다고 고독사라도 하면 다시 돌아올까
세상에 이름을 올리지 않은 영아들이 그토록 가는 플라스틱 막
대처럼
위태로운 모습들을 하고 있다
위태로운 생명이 모순되는 아기의 손가락 발가락이
캄캄한 구름 속으로 사라진다
분명 바람 소리도 빗소리도 나는데
마음이 허허해 하얀 눈이 내린다
설산이 보이고 빙벽이 보인다 냉혈 인간인가

프로가 아닌 이상 게임은 즐기기만 하면 된다고 한다
다들 문 안에 서 있기도 하고
문밖의 눈 속에 서 있기도 한다
눈 위로 사람의 입김과 땅의 입김이 하늘로 흩어진다
헝겊으로 된 인형 같은 아기를 접으려고
입을 악물고 앉았다 섰다 한다
가는 사람 목줄 당겨 바람을 가른다
봄바람에 천사 같은 아이들의 생사가 움칠댄다

언덕 아래 눈이 온다 곧은 나무 아래 눈이 온다

새하얗게 잊고 마는 침대는 열정적이지만
가끔 핑크빛 사랑이라는 말도
바닷물이 마른 염전이라 말할 수도 있을 것이다

해를 해가 지우고 물을 물이 지우고
수면 위로 하얀 눈이 내리고
차라리 비가 왔으면 했는데
눈이 내린다
메마른 풀더미 속에 시체가 담기고
성냥개비 같은 영아의 팔이 팔에서 떨어져 나간다
바람이 피투성이가 된 헝겊 인형에 모인다
더 이상 뭘 원하는지도 몰라
울음을 터뜨린 한 영아를 삼킨 그곳은
스무 몇 해나 산 여인 자궁이라고
잠시 쉬어가던 바람이 말한다

당신은 지금 누구의 손가락에서 없어질지도 몰라
누구도 그 깊은 수심은 몰라
단지 허무하지만 새하얗게 모두 다 잊어줄게
숨죽인 채 까만 눈은 바람의 결을 따라 내리고
게임의 형태로 태어난
아기가 빨간 맨발로 춤을 추며 허공을 날아다닌다

책에 관한 명상

초록에 관한 책에선 식물의 냄새가 나고 지구에 관한 책에선 보글보글 빗방울 소리가 들리고 동물에 관한 책에선 몇만 년 이어온 바람 소리가 난다 어류에 관한 책은 많지만 하얀 소금산이 먼저 보인다

다중 하늘이 푸른 꿈을 꾸는 동안에도 구름을 거느린 허공은 폭정을 일삼는다

번개 넘어져 죽고 천둥 쏟아지고 몰려다닌다 뒤늦게 포성이 도착한다 나는 벽거(僻居)에 사는 중이다

어류가 잠자다 깨어나면

식탁에 밤새 바다가 놓여있었다 절벽은 식탁 식탁은 또 책상 책상을 세우면 절벽이 되었다 철썩철썩 파도 소리 난다 강이 파도치고 바다가 파도치고 하늘에 검은 구름이 파도친다

곤충에 관한 책에선 먹을 것도 없는 더듬이뿐이라 식탁에서 이내 멀리 밀어낸다

남쪽 책장은 마치 텃밭에 채소들 같아서 책갈피 대신 파란 호박 넝쿨이 새어 나온다 오래된 책일수록 더 구수한 냄새가 난다 온갖 냄새와 눈빛 푸른 이끼들이 반들반들 묻어있다 두꺼운 책을 손가락으로 넘기면 압력밥솥의 추가 팔랑팔랑 돌아간다

침실 뒤쪽 작은 책꽂이에 숨겨 놓은 책은 아무것이나 뽑아서 읽어도 설레는 애정 소설뿐이다 그 책들 속에는 느낌표 사이사이에 여자 한 명에 남자 두 명이 겹칠 때도 있고 남자 한 명에 여자 두 명이 겹칠 때도 있다

우리가 원하는 소원은 온갖 것이 다 모인 천국 같은 라니아케아의 초원 하단에 속한다 이제 식탁을 물리고 이제 우아한 의상을 찾아 붉은 치마 초록 바지 하얀 리본 검정 구두를 찾는다

나는 이제 나의 책에 나의 속뜻을 생각할 수 있다 라니아케아는 헤아릴 수 없는 지상천국 하와이의 바다거북 비치로드 렌터카 자유여행

책을 끓여 식힌 탕을 며칠 밤낮 바가지에 담아 놓았다가 여운이 우러나면 고운체로 걸러내어 한 술 두 술 떠 입에 삼키면 내 마음의 시장기가 사라진다 품 안에서 녹는 글자가 아무것도 없었다

동시에 숨을 전부 내쉬었기 때문에

속이 보이지 않는 것은 더 싱싱해

입뿐인 입이 벌어지지 않는 조개는 살아있어

마음이 없는 것이 마음임을 알 때는 책장 한 장 한 장 모두 휴지일 수도 있지

세상에는 열쇠 없는 문이 너무 많아 나는 더 많은 열쇠 꾸러미를 찾아야 해

창문 밖은 온통 산이 평야고 강이고 바다고 하늘이야 이제 책 속에서 창문 밖으로 나가야 할 때

민들레꽃으로 살아가기

나는 노란 그림
내 속에 화가가 산다
바람이 무시로 들어와 무시로 나간다
나는 마르지 않기를 바라고 있다
조각난 길바닥에 뿌리를 내려 불안하다
거리에 젊은 사람들의 웃음소리가 하늘에 발칙하게 꽂힐 때마다
실오라기 하나 걸치지 않고 나는 꼿꼿이 서 있다
길 맞은편에서도 나처럼 서 있다 겁 없는 10대처럼

꽃이 마르지 않기 위해 푸른 톱날을 세운 이파리들이
노란 등불을 두 무릎 꿇고 가시 뼈도 하나 없는 긴 목으로 이
고 있다.
푸른 백로 푸른 도요 푸른 콩 푸른 바다를 생각하면서

봄의 날짜들은 빨라 며칠 뒤엔
할머니의 머리카락이라는 걸 알고 말 테니까

나는 꽃의 의미를 간직하고 싶어 돌을 생각한다
돌은 수천수만 년 살 수도 있고 죽을 수도 있다
밝고 노란 네 살은 훌라후프
다섯 살은 디스코 광장

푸른 공기를 들이마시면
톱날 모양의 이빨들이 봄을 쓸고 있다
이슬이 내 위로 걷는다 나는 잠깐 몸을 흔든다
물방울이 내 발치로 굴러 내린다 모두 자기 길을 간다
화가가 며칠 전에 노란 물감으로 그린 그림은 여인의 동그란
얼굴이었다
숨이 턱턱 막히다가 하얀 자유를 얻었다 내 몸에서 머리카락이
빠져나갔다
손목 발목도 빠져나갔다
미래의 생들이 떠돈다
벽에 부딪혀도 민들레 겹씨들이 회오리친다

가난한 동네에 갈라진 길 틈에서
높은 탑을 쌓아 올려
번쩍이는 왕관을 거꾸로 뒤집어쓰고 세상을 호령하는
난쟁이 임금을 본 것은 꿈이었나
뚫어져라 하늘을 바라보면 시멘트 바닥에서도 꽃필 수 있다고
이빨 빠진 잇몸을 드러내며 하얗게 웃는다

해바라기는 어머니 얼굴

다람쥐가 토끼가 걸어 나오는 산
부푼 하늘 속으로 새가 날아간다
토끼 닮은 산 노루 닮은 산 범고래 닮은 산
입술을 달싹일 때마다 푸른 그리움이 소나무 냄새로 번진다
높은 하늘이 되려고 우뚝우뚝 줄을 선 봄여름

수만 번 눈물로 심은 꽃 속의 꽃
간절한 마음 알알이 씨를 박아놓은 머리가 큰 해바라기
바람에 가는 다리가 흔들린다
이리저리 부는 바람에 눈시울이 붉어져 아픈 마음 토닥인다
가을이 대지 위에 자장가를 부른다
온몸이 황금색으로 물오른다
풀벌레 울음소리는 조용한 듯 시끄러운 관현악단의 협주곡
푸드덕 깃털 떨군 하늘 한켠 따뜻하다
가을은 누가 바람을 불러와 산을 붉게 물들이나
그 고독한 이름들을 하나하나 부르나
또 노란 둥근 화관 안에 검은 치석 낀 이빨을 박나
휘휘 바람이 분다

평생 퍼주어서 날마다 배고픈 치매 걸린 엄마는 언니를 엄마라고 부르고 오빠를 아버지라 부른다
엄마가 골목길 하얗게 돌아 교회당 근처에서 옷을 들춰보며 머뭇댄다
듬성듬성 해바라기씨를 닮은 엄마 얼굴
물로 지우고 닦아 내고 또 지우고 또 닦아도 까만 검버섯 박힌 우리 엄마
다시 아이가 되어 힐끔힐끔 하얀 안개 젖을 빤다

밝은 낮은 손 뻗으면 잡힐 듯 공중 멀리 날아가고
마음속 깊이 풀벌레 울음소리 미역 줄기처럼 늘어진다

전설이 익어가는 가을 노을은 붉은 편지를 쓰고
너도나도 오색 풍경이 되겠다고 소리를 낸다
까맣게 꺼진 화면에서 배터리가 깜박인다

나의 장미

눈을 감았어 습한 냄새를 맡았어
나의 장미를 보라
기린 같은 그의 얼굴을 보라
마음이 있어도 입이 닿을 수 없는 긴 다리 긴 목
사교적인 사람들의 점심 식사에 둘러앉지 못해
뙤약볕 같은 열병과 외로움을 견디는 것도
내가 완성되지 않았다는 증거로 수많은 가시를 달고 살지
무뚝뚝하고 투박한 사나이들의 틀같이
절벽을 오르는 가지들은 날개를 활짝 펼친 공작 같잖아
누가 뭐래도 그의 입술은 달콤해
나는 안쪽도 바깥쪽도 차가워 최하고 밑바닥이라니까
그렇다고 사랑의 문을 닫은 건 아니지만
제발 꿈을 꾸는 동안이라도 그녀와 같이 놀고 같이 식사를 하
고 싶어
애인 우유 부드럽고 달콤하다
온도만 있으면 버터도 만들 수 있을 거야...
죄는 언제나 달콤하고 구린내 나는 꼬리까지 치켜올리는 법

애인 우유는 원래 가시덩굴과 풀밭이겠지

꽃이 피는 장미는 무릎을 감싸고 있는 예쁜 손 같잖아

걸음을 뗄 때 발자국을 남기지 않고 발과 그림자를 남기는 애인

기린 발도 오리발도 간신히 어금니로 연결되어 있지만 차가우면 뭉쳐졌다 무더우면 조금씩 무너져 내릴 거야

목구멍으로 죽죽죽 따스한 우유를 먹고 싶다 애인을 먹고 싶다

쟁반만 한 장미를 보고도 나는 사방 벽 안에 갇혀

벽을 긁으며 울부짖는다

우리의 난제였던 안쪽도 바깥쪽도 벽만 넘어서면 그만이지만

지구 반대편에선 사람이 쓰러질지도 몰라

달라붙어도 달라붙지 않으려고 더 달라붙어

포옹할 때마다 나는 그의 긴 다리에 키스를 마구 한다

하지만 애인은 멀리 있는 다른 세계만 동경하겠지만

건너편에 지나가는 차 안에서 애견 한 마리가

차창을 긁으며 울부짖고 있다고 말해주기도 하겠지

한 달이고 두 달이고 벽 안에 나는 벽만 긁을 것 같고 또 차 안에 개는 유리만 긁을 것 같고 십 분이고 이십 분이고 내가 가짜 같다고 차 안에 개가 가짜 같다고

지난봄에도 지난여름에도 올해처럼 똑같았다고 말할 것 같고
　집 안에 집이고 집 밖에 집이고 높은 곳에서 보면 다 보인다
벽을 넘어서면 다 보인다
　키다리 기린을 상상해 보면 더 좋겠어
　밀감도 맛이 좋고 오렌지도 맛이 좋고 달콤한 알갱이들이 다닥
다닥 모인 딸기도 맛이 좋고 빨간 장밋빛의 새초롬한
　그의 입술은 더 맛이 좋겠지
　무뚝뚝하기도 하고 허느적 허느적거리기도 하는
　내 애인은 나를 밟고 올라 짐승처럼 휙 지나간 것이고
　나는 담장 밑의 새파란 제비꽃 속으로 숨어 버릴 것이고
　벽을 넘은 장미가 뼈도 없는 장미가 바나나 같은 혀를 곱게 구
부릴 것이고
　담장 밖으로 나온 사람들의 이야기가 가득할 것이고
　줄줄이 꼬리를 들고 손을 흔드는 것도 한때이기에
　무너지는 꽃을 떨어지는 꽃을 보라
　또 새 꽃잎들이 가지에 붙어 오므라들었다 벌어졌다
　붉은　　　　　　　　꽃을　　　　　　　달아놓고
　찐득거리며 웃고 있다

돌보다 더 단단한 악몽

                                  몇 년을
몸 풀었을까 기어이 움직였다 녹고 마는 엿가락 같은 무엇이
내 몸 어디서 살찌고 있었을까 이런 새벽녘 하늘에 그림자가 일
렁인다 그냥 구름일까 하늘 속의 하늘일까 아니면 또 다른 무엇
일까
  앞섶 풀어 헤치고 세상 보듬는 해가 뜨고
  얼음 속에서 개구리알이 흑진주 같은 눈동자를 반짝인다
  쏟아지는 햇빛 속에서 아이들이 학교에서 느릿느릿 새어 나온다
  한껏 펼친 몸 부서진 곳 덮어버리는 안개에 익숙하지 않은 사
람들이 짙은 안개 속에서 흔들리는 바람을 헤치고 걸어 나온다
때때로 바쁜 여자는 뛰어나온다 개가 싱거운 돌 하나 물고 또 걸
어 나온다 고양이 울음이 침묵한 산사를 파먹는다

  안개가 걷히는 정오 안개는 죽었다
  어미를 떠나야 어미가 되는 세상은 희망이 있다
  공장의 굴뚝에서 하얀 연기가 파란 하늘을 향해 안개가 되어
오른다
  임신한 여공들은 공장에서 보이지 않는다
  산부인과 병원은 더 바빠지겠지만

개구리 입속에 물이 있는 것 같이 붉은 아가미 없는 굴뚝에 머물러 있고 그 굴뚝 위에 나의 청춘이 잘려 나간 지느러미같이 불꽃이 나풀거린다.
나의 젊음은 쌀뜨물같이 투명할까 아니면 우윳빛일까
나는 여름 땡볕에 선한 피땀을 많이 흘렸다
대낮에 죽은 곤충을 열심히 나르는 개미들도 분주하다

사람들은 오른쪽의 뜻 왼쪽의 뜻 알지 못해 하늘 무늬가 흐르는 달도 별도 되지 못한다
늦은 오후 새가 우는 산길은 길손이 끊겨 침묵에 들었다 죽은 곤충을 나르는 분주한 개미들도 보이지 않는다
세상 바람이 회오리바람이 내 안에 있다
보이는 게 전부가 아닌 세상 몸이 있는 곳에 마음이 없고 마음이 있는 곳에 몸이 없다
삶이 그러하듯 일기예보는 흔들리는 날씨를 점치는 일이었다
또 매번 그 일기예보가 다 맞는 것도 아니었다

시간이 흘러 늦은 오후
부서지고 조각난 햇빛의 가벼운 탓도 있지만'

훼손이 훼손을 거듭하는 세상은
욕심 많은, 악한 사람들 때문이겠지

나는 안개에 갇혔다 안개 속이 깊고 좁아 돌아갈 길도 앞으로
나갈 길도 없다
아그작 나의 몽롱한 안개 맛있게도 깨 먹고 싶다
이토록 아무것도 없는 허상들 속에 살기 위한 내 절절한 발버
둥이 한 겹 두 겹 옷을 벗는다 또 나는 이렇게 아무것도 없는 고
해성사를 눈물로 한다
세상에서는 내가 혼자지만 나는 나로 인해 혼자가 아닌 생도
계속되겠지만
아가미 없는 안개 같은 너도
돌보다 더 단단한 악몽을 꾸는 나도 이젠 그만 안녕히

저 산등성이에 붉은 저고리 고요한 순물질에 노을이 조각나면
최선의 방어이자 최후의 공격으로 밤이 오면 나는 어둠의 오지에
갇힌다
곧 밤이 더 깊어지면 온 세상은 잠잠해지겠지만 나는 또 얼마
나 많은 생을 더 점쳐 봐야 할까

꿈

눈 감았어 한 번도 가보지 못한 바다를 떠올리면서 비릿한 냄새가 났고
안개 속으로 뛰어들면서 몽돌 해변의 돌을 하나둘 세면서 걸었어
눈이 마주쳐도 갈매기는 날아가지 않았고 울지 않았어
화선지에 그림 같았다고나 할까
단숨에 말아먹는 길고 속없는 국수 가락이면 좋겠어
날개를 손으로 잡아도 발가락을 밟아도 도망가지 않는 새
까만 눈동자를 쳐다보자 새는 소리도 없이 날아올랐어
한 마리가 열 마리 되고 열 마리가 백 마리 되고 백 마리가 천 마리 되어 멀리 날아갔어
봄바람에 연초록을 나부끼며 크고 있는 숲을 찾아서
바람이 모질게 밟아도 나뭇잎 하나하나 춤을 추고 노래하는 곳에 머리를 조아리며 옹골차게 살고 싶었을 거야 부딪히는 물결의 전쟁은 싫어
두 개 음 두 개의 박자 내 머릿속에 몸속에 자리 잡고 있어
나는 항상 내 속에 두 가지 생각이 맞물려 있어
내 속은 전쟁 중이지 피 흘리지 않는 전쟁이지만 끔찍해
한쪽은 반역자 한쪽은 정의의 용사

한 치도 두려움 없이 날개를 들어 올리는 두 마리 새
새까만 깃털 흰 깃털 펼치면 된바람 쫓아와서 네 온몸을 죄 흔들고 흰 안개 검은 안개 칙칙대며 네 온몸을 휘감아도

입속에 숨은 혀가 칼날이 되지 않기를 빌고 빈다
동그랗게 티 없는 그곳을 가기 위해

태어난 지 얼마 되지 않은 바싹 마른 나뭇잎 솟구칠 힘도 없는
검은 날개 흰 날개 겨울 전쟁이 끝나지 않는 곳에 꽁꽁 다 얼어버
린 차갑고 서걱서걱하는 삼각 결 사각 결들
　오늘은 몽땅 드럼세탁기 안에 넣었다
　희망과 허망과 화음과 불협화음 밝은 삶과 얼룩진 삶
　부서진 길을 걷다가 쪼그려 앉아서 바이러스 및 위험방지라는
붉은 글을 읽었어 또 날지 않는 새를 가만히 쳐다봤어
　스크린 너머로 안개가 소용돌이치고
　치대고 씻어 내리고 두드리며 확 빨고 싶었어
　한 스푼 세제를 넣어 갈등을 풀고 싶었어
　헹굼질 몇 번이면 안개가 다 걷힐까
　안개를 뚝뚝 잘라먹으며 축축한 몽돌을 밟으며 계속 해변을 걸
었어 아직 잠 깨지 않았으니까
　구수한 방언 같은 아지랑이 말을 기억해 내면 고향이라는 세계
가 나오고
　갈매기는 노래하고 파도는 깔깔 웃고 나는 침대에서 일어나 봄
바람을 반겼어

옛날 초가에서는

책 보따리를 벗어 던진 아이들
부드러운 흙 여린 손
손등에 흙을 모아
코끝에 떨어진 콧물 한 방울 두 방울 섞어 따독따독 집을 짓는다
뚜껍아 뚜껍아 뭐하니
헌 집 줄게 새집 다오
콩닥거리는 심장 소리
이빨 빼서 던지던 지붕
수백 년 전에 달이 흩어놓은 향기로운 바람이 분다

이제 알게 된 그날들
뒷그림자 앞세워 본다

변소 지붕에 매달린 누런 호박
순금 빛 입술로 노래를 부른다
뚜껍아 뚜껍아 뭐하니

저것은 집
저것은 방
저것은 변소
내 손에 방 하나 내 눈에 방 하나
한 발짝 떼어보니 밀물 썰물이 발목 잡는다
하늘과 바다 산과 들
낯익은 노랫소리에 목이 멘다
뚜껍아 뚜껍아 뭐하니

무엇을 먹으면 배부를까
엄마가 입 마른 언니를 깨워 검붉은 낯빛 세운다
밥상 앞에 앉은 식구들 눈알 불거져 퍼덕퍼덕
살짝 삐져나오는 달디단 표정들
동그랗게 떠오른 초가삼간이 다시 사라진다

오늘의 집

파도는 늘 국도를 타고 종점에서 내려
길모퉁이마다 흔들리는 몸
길이 세상에는 너무 많다
우리 집은 늘 종점에서 버스가 마이크로 알려준다 먼 산을 타
고 오르는 칡꽃도 줄을 서고
창문 안 허공 속으로 걸어 들어가는 나도 줄을 선다
뭉게구름 솜털 구름은 누구의 집에서 나온 구름일까
창문마다 갈피마다 별이 빛나고 세상의 집들이 하늘 높이 부푼다
허공에 출렁이는 골목들 칡 갈피로 묶어둘 수는 없을까
양 날개를 만지작거리다 날개도 없이 하늘을 날아오르는 사람들
하늘 속에 집이 있고 하늘 속에 방이 있다
똑같은 집에서 똑같이 생긴 아이들이
똑같은 길을 가고 똑같은 종점으로 돌아오고 흩어지는 눈발과
불빛을 구분할 수 없다

어깨동무하던 집이 사라지고
개발 지역에서 늘 하늘로 오르는 골목들이 다시 태어난다
낯선 방이 다시 태어난다
하늘 높이 난
벼랑뿐이 없는 골목 읽다 만 책처럼 벽을 따라 흘러내리고 있
다 나만을 생각하며
화려한 알전구가 별의 빛깔을 정한다

길게 늘어 누운 절벽뿐이 없는 아파트 그림자가 도시의 마찰음
을 막는다 별빛 쏟아지는 밤의 독보적인 유물이다

  허공에서 시작했다 갑자기 허공 속으로 사라진 하루하루
  나는 종점에서 시작하고 종점에서 마무리한다
  숨 막히는 비밀이 아무리 몸부림쳐도 출구는 늘 같다

  파도는 함께 늘 파도친다 긴 줄을 타고

  방이 둥둥 떠다닌다
  알 수 없는 바닥이 하늘에 떠 있고
  손 아래 구름이 흘러내린다 안개 같은 세상 아무 확신 없이 머
리를 감싸는 허술한 나
  허공의 집에 누구의 발을 빌려서 왔는지 아니면 내 발로 왔는지

  말 많은 세상 두 치 혀와 발밑을 조심하라
  담쌓고 목줄 채운 사람들
  죽음 같은 밤을 머릿속에 담으면 달콤한 것은 흔들흔들 침대뿐
그럼 이제부터 나가동그라져 편안한 잠꼬대 한번 해볼까

나무에 관해서

너의 눈 안에는 열매를 맺으려 하는 나무가 있다
둥글지 않다는 이유만으로도 여기서는 추방된다
사실 너는 유목의 긴 날개를 가진 새였는지도 모르지만
밤새 발밑에는 사막이 쌓여 있다
새벽은 소리 없이 왔고 소리 없이 갔다
사실 난 네가 목이 긴 웅덩이가 있는 구름을 잡아먹는 걸 봤다
매일 매일 나는 더 늙은 모습으로 말라가는 나무는 아닌지 몰라
목이 짧고 조금씩 빠르게 허물어지는 안개처럼 나는 잎이 진
나무일 거야
침묵은 정확하게 존재하지 않았지만
또 너는 침묵을 한 번도 네 몸에서 놓아본 적이 없어
움직이지 않는 사람에 대해 속이 뒤집히는 느낌 어떤 건지 아
무도 몰라
우리의 조직은 위가 없는 식물이기도 해
턱 끝까지 숨이 막힐 만큼 호흡이 가쁜 적도 없었고
우리는 창문이 없는 방을 가지고 있어 입가에 머무르는 달콤한
식물성이 입 안 가득해
우리가 창문이 없는 방에 있을 때

내일을 열어볼 수 있는 새도 올 것이고

나무에서 계속 잎도 날 것이고 나무에서 계속 열매도 열릴 것이고

새 잎맥들을 하나하나 풀다 보면 새들의 둥지도 만들어질 것이다

일어나지 않는 일 때문에 고민하다 가끔 목이 짧아지고 목이 가늘어져

입가가 메말라 고독해지는 느낌이 들기도 해

생은 혼자만의 문제가 아니다

헬멧을 쓴 태양이 번쩍번쩍 이동하면 하늘엔 푸른 입맛이 난다

밤 밤공기 밤거리 당분간은 생각하지 않는다

지도에도 없는 빛이 온 천지에 반짝인다

자 이제 나무에 문 열려 식물성 액체가 줄줄 흘러 팔뚝에서 맥이 뛴다

둥지에서 나온 새가 하늘 높이 날아오른다

어둠은 눅눅한 김 같아서 아침햇살에 살짝 구울 수 있고

한 장 두 장 낱장으로 어둠을 싸 먹는 수도 있다

군침이 도는 아침 나무를 먹고 싶다

절개지에서 버티는 나무처럼

바람은 오래전부터 내 몸을 기어다녔다
문을 열어 놓고 사는 나
손을 잡아야 잠들 수 있는 나
내 키를 넘는 산 그림자 때문에 나는 늘 보이지 않았고
잠을 자다 눈 뜨면 산의 검지 하나 쥐어져 있었다
앞을 봐도 뒤를 봐도 산 산 산
눈 뜨면 산 구석이었다
흙냄새 진동하는 방문을 타고 오르는 어둠 속의 지내 한 마리
동산을 오르는지 조정 경기처럼 방바닥을 저어간다

아무도 문 열어 주지 않아 나무는 밖을 나서지 않는다
나무는 슬퍼 보인다
흰 뼈마디를 드러낸 절개지
나무들은 뿌리로 절벽을 버틴다

잃어버린 고향을 클릭한다
써보지 않은 형식의 글을 써
책상 서랍에 넣어둔다

아물지 않은 상처가 곪아가는지 파헤쳐진 산에서 벌레가 기어
나온다
팔과 다리에 검은 얼룩이 늘어난다

지나가는 바람이 신음을 뱉어낼 때마다 마른 피 같은 황토가
쏟아져 내린다
상처 난 곳에서 흘러내리는 흙먼지를 모아 시를 심는다

과거는 현재 현재는 과거
뒤로 한 발짝 앞으로 두 발짝 걸어본다
푸르른 산을 기억하는 산이 사라졌다
산이 산이 아니고 물이 물이 아니다

바람이 분다
뿌리가 없는 시가 사라진다
양손 가득 잎을 쥔 내가 흩날리다
연필로 그린 햇볕이 하얀 백지 같은 얼굴로 피어 있다
뒷걸음치는 그림자가 산을 삼킨다.
배는 고프다
맹세하는 자세로 반쪽 얼굴을 한 손으로 감싸고
한 손은 나무 문틀과 문을 그려 넣는다
그러는 동안 창밖의 새들은 숲속을 빙빙 돈다
꼬리를 흔들며 도는 다람쥐 주변으로 숲의 풍경이 둥글게 피어
난다

만혼 별곡

입술을 쫑긋 내밀어 하늘을 키스하는 산과 들
더 높이 날기 위해 땅과 나뭇가지에 앉아있는 새
머리로 하늘을 세우고 몸으로 실꾸리를 풀어 광속으로 지구를
밝히는 해
금귀봉 아래 교회 종소리 탕 탕 울린다
양평들 저 멀리 달래강 흐르고 어두운 아침이 점점 밝아 온다
새도 짐승도 먹이를 찾아 밀행을 나선다
파란 봄눈이 움찔대다 아이들같이 해를 따라 나팔을 분다
바람이 분다 붉은 바람 파란 바람 노란 바람
온 세상을 향해 스스로 한번 대답해 보라는 듯 거칠게 분다
툭 터져버린 풍선 껌 같은 찐득한 여름을 놓칠세라 너도나도
줄을 당긴다
정오 시간 잠시 의자에 앉아 쉬어가는 여담 야담
마누라를 두고도 여기저기 바람피우는 제비
70살 남자와 40살 과부가 붙었다니 30살 총각과 50살 과부가
붙어먹었다니
여기저기 뒤죽박죽 청춘사업 비밀문서 긴급뉴스 웃돈 준 임대
주택 암표 무성하고 무성하다
어머니 아버지 과업은 불문곡직 아들 결혼
어머니 아버지도 없는 내 과업도 된장찌개 두부 한껏 부풀어
오른 맛있는 결혼이지
혼담은 헐거운 이십 년을 뚜벅뚜벅 박음질하고
헝클어진 나날을 북에 감아도 감아도 하품만 했다
얼룩진 내 마음 까닭 없이 눈물이 흘렀다

꿈꾸는 자의 꿈은 데스크톱에서 업그레이드되고
슬픈 듯 기쁜 듯 슬레이트 지붕 위로 안개꽃 피어오른다
앞마을 묘산댁 할머니는 할아버지와 80세에 결혼식을 아들딸
이 올려 준다고 하고
고가레일에 기적소리 저 먼 산 적막까지 울린다
선잠 속인 듯 생시인 듯 40세 발달장애 심청이 소개받은 날은
운수대통한 날
앞만 보고 혀 내밀고 달렸다
매듭 많은 지난 세월도 난청 지역도 다 통과했다
시골 사람들은 나뭇잎 같은 혀로 죽어가는 사람 목숨 살렸다는
진경산수도 관념산수도 자욱한 안개비로 내린다 때늦은 결혼
담이 강물 따라 넘실넘실 춤춘다
끊어진 길을 잇는 아월교 다리 아래 물총새 두 마리 날아오른다
억겁 생을 흐르는 둑길을 빨간 볼에 머리를 숙인 신부 손을 잡고
나는 아무 까닭도 없이 해종일 걷는다
한 층 두 층 올라가는 우리의 심장 박동 소리가 굽이쳐 흐르는
강물 소리보다 높고
깊고 풍요로운 가을 석양이 뽀글뽀글 끓는다.
굽이치며 흐르는 강물도 쫑긋 두 귀를 세운다

긴장이 빠져나간 자리에 엄마별 아빠별이 뜨고 아기별도 따라
뜬다
올해 내 나이는 알곡 오십 세 가마니

망각

횡설수설 주제도 제목도 없는 이야기가 하늘에 꽂힌다
아파트가 흔들리고 동네가 사라지고
개들의 합창 소리가 시끄럽다

과거는 할머니를 통과하고 사라졌다
의식이 은밀하게 진행된 고향 집
싸리문을 굳게 닫아건 마당이 사라졌다
외로운 곳에선 그림자도 한 사람

바람같이 사라진 기억의 끄트머리를 잡으려고 달려도
길은 수시로 툭툭 끊어진다
길이 몸통에 달라붙어 질척질척 살이 찢어지고 있다
어제의 길 위에서 날개를 접은 새처럼

바람에 소지를 올리던 기도 소리 들릴락 말락
길 끝이 달싹이고
흙냄새 나무 냄새 코끝이 상큼하다

멀찍이서 차례를 기다리던 석양도
오랜만에 목이 축축하다

주소와 전화번호와 이름을 목에 걸고 집에서도 집을 잃은 애늙
은이

먼지 한 조각 남기지 않고 쪼아 먹는 하얀 눈이
암갈색 새 떼처럼 천지에 날아다닌다
행태를 지우는 하얀 눈과 함께 쓸쓸한 개울의 모습을 지우고
있다

문을 닫고 베란다에 앉아 쳐다본 풍경
어머니가 부쳐 주던 동그란 애호박전이 하늘에 떠 있다

웃음과 울음마저 피곤하게 느낄 때
하늘에 긴 그림자를 울리는 종소리가 조용히 들리고
흔한 내 얼굴도 감추는 밤이 횡설수설 위태로워진다

내 심장은 아직도 불 위에서 뜨거운 망치질 소리 난다
두꺼운 내 몸에 새 움이 돋는다

어떤 죽음

내가 편지 배달하던 날 주인 없는 집에서
새끼를 겨우 면한 어미 개가
밟힌 빵 같은 작은 인형 같은 사체 앞에서
이리 갔다 저리 갔다 앉았다 섰다
사체를 가슴에 품었다 땅에 놓았다 안절부절못한다
나는 사료 대신 치커리를 주고 물 대신 우유를 준다
치커리를 물다가 물그릇을 물다가
바람이 불어도 비가 와도 모르고 사람이 와도 모른다
몸으로 혀로 새끼의 몸에 온기를 불어넣는다
차가운 빗방울 같은 이별을 견디는 것도 어미 개의 몫은 아닌 듯
일분일초도 쉬지 않고 태어나자마자 걸친 죽음을 흔들어 깨운다
고여있는 물이라도 물꼬 트면 다시 흐르는데
절제된 슬픔이 뭔지 보여주려는 것일까
다음 세상으로 가는 의식이 한올 한올 이렇게 진지한 것일까
작은 죽음은 흘린 피도 없이 메말라 가고 있다
썩지도 않고 죽지도 않고 사라지지도 않는 그 무엇이 그림자처
럼 죽음 속에 삶 속에도 있을까

지금 내 속엔 우주를 순환하는 혼이 있다고 생각했다
갑자기 여름에 죽은 뙤약볕 그녀를 생각했다
노을이 느긋한 갈기 일으켜
온 세상이 붉게 타오른다
점등하고 조작 중인 세계는 무엇이고.
각기 각색의 죽음은 무엇이고
또 이별은 무엇인가
죽음 뒤에 침묵은 또 다른 무엇인가

개 울음소리 천지에 진동하고
나는 뒷산에 작은 개 무덤을 만들었다
촛불이 죽은 새끼에 대해 죽은 그녀에 대해 기도하는 듯 타오
르고
무성한 계절은 그늘이 짙고 생기가 환하게 드러나는 때
기도문엔 묵시록은 있어도 죽음의 단서는 발견할 수 없고
죽은 개도 나의 애인도 다 빠져나간다
사랑을 고해하는 오늘
개 울음소리가 총성처럼 울린다

우울증 걸린 별

우주가 숨죽일 때 별은 하늘의 결을 따라
귀와 입과 코에 고인 축축한 검은 먹물을 흘리고
각기 다른 궤도로 성좌들의 파란 빛이 점점 얇게 퍼져나가고
있다
눈꺼풀 같은 구름이 벗겨져 눈을 뜨고 다정히 우리의 세계에
뛰어든다
도시의 철탑 시계는 0시를 가리키고
지하의 낡은 철문을 열면 작은 심장 소리가 좁고 낡은 계단에
출렁거려 등골이 오싹해진다
먼 남쪽의 별은 지금쯤 어디에 있을까
목청을 높여 부르던 그녀의 노랫소리도 들리지 않는다
계단을 올라가고 내려가는 성좌가 하나둘 고인 밤
내 꼬인 발은 멈추고 지독한 상실을 생각하다 지난날의 붉고
달콤한 여름밤을 떠올리며
하루하루 지치고 처진 지하의 눅눅한 감정들을 별빛으로 덮어
놓으면 한여름 밤을 유지하는 얼음조각보다 더 신선도를 유지할
것 같고 파란 하늘의 음파도 번지는 것 같다
골목을 도는 불빛을 따라가다 보면 고양이도 나타날 것 같다
나 또는 고양이의 세계
제자리를 찾아가는 밤바다의 파도
바위에 수없이 부딪히는 물길이 없는 절벽
지느러미를 펄떡이는 물고기들도 잠을 청한다
나는 잊었던 동심을 찾아 밤하늘보다 더 고요한 나로 돌아갈
것 같고

한 겹 구름 밑에 멈춰 있는 별을 모르는 도시의 사람들도
밤이 환한 별을 보는 사람도 있을 것이다
입 속에도 눈 속에도 하늘의 온기가 더해가고
푸른 별을 보기만 해도 가슴이 뚫린다던 할아버지 아버지 어머
니 시대는 몰락하고
물질이 풍족해도 정신이 메마른 삶을 살다 보면 우울증이 걸리
는 사람이 많다는데
며칠 전 여대생이 우울증에 걸려 22살의 나이에 아파트에서 뛰
어내려 정원수 가지만 부러지고 구사일생 살았다는데 위도 없고
밥도 없고 솟아야 할 기력도 없어 우유에 탄 진한 커피만 마시다
결국엔 큰일 날 것을 알고도 어쩔 수 없었다는데
부모는 긴 여름밤 머리카락을 당기고 요즘 헛배가 자주 부풀어
오른다며 배를 문지르는데
별이 있는 하늘을 바라보면 오늘도 누군가는 손바닥 발바닥을
닦을 것이고 머리와 몸을 닦을 것이다
오늘 밤도 빙하의 나이를 세고 있는 어진 사람도 있을 것이다
수 천 년 동안 녹지 않는 빙하도 있을 것이다
오늘 밤 지하 계단을 내려가는 내 발소리 침울하고
내 방 거울에 하나둘 눈에서 살짝 삐져나온 눈물방울 보이고
나는 두 눈이 충혈되어 잠을 설칠 것 같다 별의 발소리 들리면
잠이 올까

별에 이름을 붙인다면

 구름은 수면이 솟아오른 관이다 하늘에 긴 시간 동안 돌아누운 물의 무늬가 한 마장 두 마장 소용돌이친다 안락한 하늘의 시간이 구름을 잠재우고 있다
 터질 듯 터질 듯 터지지 않는 물풍선 리듬 속에서 지구의 문을 열었을 때
 하늘에 걸음을 멈춘 구름을 따라 높은 산을 환경탐사단이 오른다
 하얀 물빛을 담금질한 빙하가 여기저기서 보석처럼 빛난다
 우리는 별자리를 따라 옮겨 다니는 별 탐사대
 발자국을 구기듯 설산에 무수한 발자국을 남긴다
 헛된 내 얼굴 눈을 뭉쳐서 씻고 새로 태어나고 싶다
 우리는 하얀 여과용 스펀지를 해발 5,000m 이상의 빙하 위에 놓는다 금방 검은 기름때를 빨아들이는 것을 본다 차가운 바람이 분다
 비행기 소리 포개고 차 소리 포개고 사람까지 죽이는 대포 소리 포갠다
 하늘과 땅의 오장육부는 뿌옇고 푸른빛이 보이지 않는다
 별의 이름을 더럽힌 미세먼지들이 지푸라기들이 어느 별을 망가트릴지 아무도 모른다
 멀쩡한 지구도 우주도 보이지 않는다

우리는 로그아웃이 없는 신세대 꿈의 별동대들 노트에 오염 수치가 자꾸 올라가고 노트의 부피도 커진다 우리는 이제 더 이상 별이란 이름을 순수하게 붙일 수 없다

우리는 수많은 별을 바라보며 소리치고 싶다 인간이 죄인이라고

자꾸만 희미해지는 지구 오염농도가 얼마만큼 줄어들면 파란 불이 켜질까 욕심이 많은 자 욕심으로 망한다는 말이 생각난다 온갖 오염물질이 날아다니는 때 묻은 별들의 수난 시대가 그냥 철없는 아이들의 잔인한 오락게임 같다 우리는 출렁거리고 흔들리며 하늘을 비행하는 새들을 본다 하늘을 노래하지 않는 새들을 본다

별은 아무리 짓눌려도 별은 별이고 숲은 계속해서 숲이다

바다를 바다로 부르는 것처럼

건조대 위로 끼어드는 벌레들이 여기저기서 무수히 날아들고 서랍 속으로 끼어드는 음악 소리를 듣는다 우연히 다가오고 늘어나는 것들 하늘에 흘러가는 구름이 멈춘다 멈춘 구름이 다시 흐른다 기름기는 하늘에도 땅에도 엉겨 붙어 따뜻하다 높은 하늘에 구름을 이불로 덮고 잠을 자면 깨끗한 새 영혼이 태어날지도 몰라 그땐 별의 이름을 편안하게 부르겠지 구름을 오래 덮고 있으

면 우리의 영혼이 얼마나 데워질까 선과 선이 부딪치는 표정과
잡음 구름과 구름이 부딪치는 심오한 침묵과 절규 사람과 사람이
부딪치는 다양한 표정 장차 태어날 우리 아이의 뱃속에는 푸른
하늘을 심어주면 좋겠다 어쩌다 마주 보는 눈끼리 더워지면 내
뱃속에 오래 남아 있는 유분과 지푸라기는 별들의 달콤한 맛이
나기는 날까 삶은 죽음을 위하지 않고 죽음은 삶을 위하지 않는
다 끈적끈적하고 텁텁하고 답답한 잠에서 새로 깨어나면 하늘은
무거운 구름을 걷어내고 새로운 구름을 끌어안을 수 있겠지 아직
도 우리의 하얀 이불이 아득한 하늘에 수천 개 수만 개 널려있다
꽃이 활짝 핀다 만개한 구름 속으로 손을 뻗어도 아무것도 잡히
지 않는다 가끔 아이 울음을 듣고 별과 달이 지구에 나타나겠지
귀를 기울여 허공 속 붉은 구름 하얀 구름 검은 구름의 울음소리
를 들으려는 별도 있고 사람도 있다

황혼은 붉게 다 익은 마음 온 천지를 수놓는다 황혼은 온 세상
을 다 지배했다는 듯이 아무런 말도 없이 황홀한 고함을 지른다
그 아버지의 그 아들이라는 듯 온 천지가 하나다 온 세상이 달리
할 말이 없는 듯 하늘과 땅에 이름이 잘 정돈된 우리의 안락한 방
이 보이지 않는다 나는 어디로 가면 될까 나는 곧 죽을 것 같다
무지개 속에도 무수한 금이 있어 앞산 절벽을 오르다 추락한다
죽은 것을 만지는 것 같은 세상 매일 우리들의 새는 어디에서 어
떻게 울고 있을까

2

빈 것을 두둔하고 싶은 날 오후

빈 것을 두둔하고 싶은 날 오후

담 아래 선 쑥부쟁이
속이 꽉 찬
저 위인은 또다시 푸른 잎을 피울 수 있을까

잘못 배달온 삼월 눈송이가 창문을 닦고 집을 하얗게 꾸미고
나는 휴일 오후 사과 같은 휴식을 취한다
나는 귀잠을 자다 꿈을 꾸는지
바람을 튕기는 아기 손 같은 대나무 잎에 맺힌 고드름이
꽁꽁 지구를 묶고 있다
세계는 댓잎에 꽂혀 하얗게 타오른다
몸이 타면 빛이 일어 그 몸빛 누가 담금질할까
우주에 어둠이 사라질까

눈바람 채찍 삼아 사막을 달리고
대숲의 정수리에는 참빗을 꽂아 머리를 손질한다
대숲 속에는 헝클어진 어두운 영혼들이 여기저기서 하얀 죽순
처럼 돋아나고
속 빈 대숲이 쩡쩡거린다

세상에는 빈 것이 하나라도 있을 수 있을까
또 세상에 바람이 없는 곳이 있을까 또 세상에 하늘이 없는 곳
이 있을까

하늘에 익사한 구름도 있고
허공 속으로 줄 사다리를 세우는 무지개도 있고
바다에는 용맹정진하는 파도도 있고
누군가 내 거처를 물어보면
하늘에 떠 있는 구름이라고 말하고 싶은데
오늘은 담 아래 선 마른 쑥부쟁이 한 포기라 해둘까
쉽사리 해독되지 않는 대숲에 바람 소리라 해둘까
속 빈 대나무숲이 쩡쩡거린다

자전의 힘으로 달려온 멈춘 듯 멈추지 않은
푸른 숨결 하나 없는 키다리 쑥부쟁이가 되어
겨울바람 같은 봄바람을
봄바람 같은 겨울바람을 조금 녹슬게 한다
완고한 눈도 끓어오르는 지열에 물로 흘러내린다
겨울잠을 끝낸 저 쑥부쟁이는 하얀 빈 접시 같아 풀 향기를 언
제 담을지
삼월을 베어 문 사시의 담 아래 봄볕이 흥건하다
속이 빈 쑥부쟁이가 그 완고한 봄볕도 거부하는지
속없이 사는 것이 좋다고 하는지 우주 품이기는 매 마찬가지인
걸

얼음 냉면 먹고 싶은 날

아파트 그늘이 무더위를 끌어당겨 묵직한 두 발로 밟는다
애교떠는 창문들을 대동하고
여름 한 철 잘 나려면 무거운 체위는 가리고 원시의 산으로 바
다로
입성해야 한다
여기저기서 투둑투둑 흩뿌려지는 물의 알약들
산사에 풍경소리 끊어졌다.

가슴을 풀어헤친 달
젖꼭지를 돌고 있는 아기 구름
온몸이 흉터로 뒤덮인 하늘
동그랗게 눈을 뜬 아기가
축 늘어진 젖가슴을 잘못 다루었는지
만져보고 빨아보지만 검게 변색 된 입술이 자꾸만 부풀어 오른다

폭염이 아파트촌에 누워있다
깊이 잠들었는지 미동도 하지 않는다

사체의 입에서 나온 구더기처럼
신문 하단에 조그맣게 실린 기사
외출을 자제하고 더워 쉼터나 아니면 지하상가로 피신하란다

어두운 미사포를 쓰고 묵상에 잠긴 하늘이
까만 머리카락을 날리며 밥숟가락을 찾는지
장딴지를 감아올리고 두리번거린다.

경비 아저씨가 밤에도 잠시 호스로 물을 뿌리다 멈추고
입을 쩍 벌리며 굽은 등을 펴고 올여름은 매일 열대야라고 구
시렁거린다

일기는 어제도 오늘도 디저트가 없는 정식뿐이다

불 불 불
촛불처럼 풀도 나무도 불을 내뿜는다
흔들리는 나날 지구촌 어느 흑점을 향해 던져진 불화살은 영상
40도를 찍었다
뻐끔뻐끔 아스팔트도 아파트도 더운 입김을 토하며 몸을 뒤튼다
한 여름밤 한바탕 죽은 햇볕과 지구가 질펀한 정사를 치른다

머리카락을 보며

　아무하고도 어울리지 않는 머리카락이었다
　반달 모양의 빗만 그 도도함을 받아줄 뿐
　시름의 골목 지날 때마다 이리 가자면 이리 가고 저리 가자면
저리 가고
　창 없는 거울 앞에서 나왔다고 나 여기 있다고 얼굴보다 먼저
고개 내민다
　서로 다른 시간이 어슬렁거리는 자리마다
　바람을 가득 가두어 놓고 있는 머리통
　앞으로 나갈 방향이 각자 다른 머리카락들은 끝이 꼬여 있기도
하고
　하늘 높이 날아오르기도 한다 또 머리를 빗다가 떨어진 머리카
락은 사람 말을 듣는 귀도 있어 더러 바닥을 어슬렁거리기도 한다
　그때 제일 문제가 되는 것은 머리카락끼리 꼬여서 말썽부리는
놈이다
　머리에 엉클려 제 혼자 숨 고르기를 하다 제 혼자 숨 막힌다고
주먹을 내지르는 통에
　연필 담은 통들 책을 담은 가방들 속에서 우르르 쏟아져 나오
는 아이들 통에
　동글동글 뾰족뾰족 언제나 시끄럽다
　소리치지 못한 아이 머리카락도 소리친 아이 머리카락도 수백
겹 그물이 만들어진다
　어디를 가냐고 그동안 누구를 만났냐고 또 무엇을 사냐고
　흔들린 머리카락이 검게 떨어질 때도 있다
　긴 머리카락 때문에 반달빗을 매일 들어야 한다

발바닥

구름 사이로 드문드문 쏟아지는 햇볕
하늘에 태양이 없는 날도 있을까
아니면 흐린 날은 1광년쯤 떨어진 곳의 소식일까
콧등에 묻은 크림 자국 같은 구름은 내 어린 시절의 소리 없는
울음일 수도 있다
기상청은 오늘 흐림 거짓일 수도 있고 참일 수도 있다
10원짜리 동전은 양면
나는 그 양면을 양말 속에 넣었다
태어나면서부터 내 발바닥은 단단했다
그것은 나의 뿌리
밖에 나갔다 온 내 기척이 묵직하다
동전이 발바닥에 문신을 새겼다
몸 곳곳으로 연결된 나의 통로들
첫새벽 황토를 밟고 지나간 어둠들
동전은 기다린다 10원이 꼭 필요한 그날을
나는 무릎보다 더 아래쪽에서 뉴스를 들었다
10원짜리 동전을 신발 밑에 넣고 다니면 고약한 발 냄새가 잡
힌다고
뉴스를 듣고도 나는 잘 모른다
깨진 발톱이 어떻게 붙을지 모르는 것처럼
안전해지기 위해서 편안해지기 위해서
나는 끊임없이 양말 속에도 신발 속에도 10원짜리 동전을 넣고
다닌다.
아주 분명한 것은 내 몸 밑바닥을 동전이 다 읽고 있다는 것이다

빙하기 이후로 거짓말이라곤 한 적이 없는 지구라는데

나는 어릴 적부터 5원짜리 동전에 관해서 나는 문제 아이였다

그러니까 5원짜리 동전 두 개는 더 큰 문제였다 물론 지각하는 날이 많은 것도 문제였지만

학교 운동장에서 5원짜리 동전 두 개를 발견하고 주위를 살피다 모래 속에 묻어두었다.

결국 그것은 모범생이거나 예의하고는 먼 이야기다

동전의 입장에선 주인을 동정했지만 나는 다른 친구를 데리고 와 동전을 하나씩 가졌다

나는 어릴 적부터 욕심을 잘라내는 법을 배우지 못했다

붉은 굴뚝에서 욕망의 죄악이 활활 불타오르고만 있었다

회초리를 곡식처럼 기르는 아버지를 보고 자랐지만

나는 모범생이 되지 못했고 문제아가 되었다

오늘 일기는 흐림

우주의 앞면도 뒷면도 매우 흐림

동전의 앞면도 뒷면도 검은 가슴

다만 내 욕망 속에 던져진 동전과 날씨는 적당히 살아있고 적당히 죽어간다

바람이 분다

또 바람이 분다

바람에게 머리를 빼앗긴 갈대들이 몸을 더듬어 만드는 어깨동무는 아름답다

세상에 아르바이트하는 동생들도 언니들도 아름답다

우산 없이 소나기를 만난다
그리고 지난 나의 범죄나 허물에 대해서 생각한다
나는 손이나 발에 대해서 삼 층 네일을 하거나 크림을 바르거나 낮은 목소리로
노래를 불러주는 따위에 대해서 아름다운 상상을 할 수 없다
죄를 짓는 손 죄를 닦는 발이 있을 뿐
나에게는 아무것도 선택의 여지가 없다
내 발등 위에 내 손등 위에 두껍게 자라나는 저 손톱무늬 발톱무늬 구름이 어느 쪽으로 가고 있는지 알 수 없다
다만 양발 속으로 숨겨둔 동전과 날씨 그리고 나의 어두운 지난날에 대해서 생각할 뿐
검은 구름 밑에서 희미하게 웃고 있는 내 발꼬랑내가 심하게 난다
나는 발바닥을 쥐고 흔들어 본다
누가 나를 모이게 하는 법을 가르쳐 주고 있는 것일까
동자승 얼굴 같은 발뒤꿈치는 내 몸의 가장 낮은 곳
누구는 발뒤꿈치보다 못한 놈이라고도 하는데
그 못난 발뒤꿈치를 잡는다
아프다고 신음하는 소리도 들리지만 따뜻하다
내게 꼭 필요한 발바닥 세상을 만나 인사를 하는 발
얼굴만 보고 산 내가 오늘 밤 발을 씻고 발을 만진다
발바닥은 여기저기 실금 간 아련한 내 몸의 족장이기도 하고
내 인생 일기장이기도 하다

자연의 사전

나무는 꼬리말 같은 가는 뿌리가 필요하다
나는 또 어떤 삶을 살고 있는지 먹 가슴이 돋아난다
생은 소음 속에서도 세상을 편하게 끌어안을 수 있는 호흡법이
필요하다
절벽 위에서도 원을 그리며 허공을 수평으로 만들어 가는 수단
도 필요하다
나무는 가는 뿌리로 바위를 뚫는다
돌도 흙도 매연도 기어코 먹는다

핏발선 눈망울이 어룽지도록
매일 하늘을 우러러보며
길 없는 길을 맨발로 걸으며 조바심친다
혼자 손으로 온몸을 문질러 닦기도 한다

나무속에 답이 있는지 인생이 있는지
이빨도 없이 밥을 먹어가며
무안함이 각인 되어 있는 하늘을 우러러보며
하늘을 열정적으로 부르기도 한다 당신을 열정적으로 부르기
도 한다

나무는 단맛 쓴맛 신맛 매운맛이 난다
부드러운 흙을 먹었다 동그란 돌을 먹었다 뾰족한 자갈을 먹었
다 매미울음 새 울음을 조미료로 뿌려서

나뭇가지에 우왕좌왕 맺힌 붉은 해 한 페이지 두 페이지 기록한다

완곡한 요구와 정중한 거절을 얇은 메모장에 주렁주렁 적어넣을 때는 거미와 지렁이와 싸우기도 한다

자연의 사전에 달이 반짝인다 별이 반짝인다

바람이 분다

한 줄기 두 줄기 파도가 친다

계절의 사전에는 꽃잎의 향기가 난다 귀뚜라미 새 울음소리가 들린다

아득한 하늘에 빛이 내리고 적막한 편지를 쓰는 구름도 하늘을 떠돌아다니고

나는 나무 공원에 앉아 붉은 사과 그림이 있는 머그잔을 손에 쥐고 나무숲 사이를 채우는 반짝이는 해를 바라본다 나무처럼 바람에 몸을 맡긴다

서글픈 거절과 촉촉한 애원 같은 물이끼가 많은 길을 걷는다

흰색과 푸른색 붉은색과 보라색 이제까지 나는 무슨 색을 보았는지

또 어떤 말을 했는지 하나도 기억나지 않아도 내 발 앞에서 낙엽이 꼬리를 치며 굴러간다

붉은 태양이 나무의 발등을 내려다본다

나뭇잎에는 수천 권의 사전이 들어있다

수만 권의 바람이 들어있다

바람 바람 바람

하늘 땅 돌고 돌아 네가 왔다
에움길 곧은길 돌고 돌아 네가 왔다
어디를 가나 바람이 분다 우당퉁탕 와당탕퉁탕
바람 속에도 바람
바람 밖에도 바람
바람뿐인 세상
강가를 서성이며 콧노래를 흥얼거리는 미풍도 본다
바람과 바람 그리고 조금 더 큰바람 거리에서 키다리 사람처럼
우쭐우쭐 걷는다
회오리바람은 연기 마신 표독한 고양이
특기는 엎어치기 들이받기

내 속에 바람이 인다
시인이 되리라
내 눈 속의 글을 눈 밖으로 꺼내 책을 엮으리라
책으로 집을 짓고 초인이 되리라
고무풍선 수레바퀴 차바퀴도 모두 바람 바람
물 드나 바람드나
날뛰는 세상 용트림까지 한다
독주에 중얼거리는 내 목소리는 즐겁다
미친 남자가 북을 친다
미친 여자가 꽹과리를 친다
미친 여자가 웃는다 운다
미친개가 짖는다

백두산 나무들도 펼쳐놓은 책 같은 그림자 대신 한 민족의 바람을 품고 있다

　　호통치는 물소리 바람 소리
　　갈매기 울음마저 꼬들꼬들 말라간다
　　계절풍 무역풍
　　이름만 들어도 무시무시한 폭풍 태풍
　　특기는 돌진하기 파괴하기
　　눈이 오는 날에는 풍경이 뚝뚝 떨어져 나간다
　　하늘도 달도 별도 우렁우렁 깃을 친다

　　영웅이 되리라 열사가 되리라
　　입에서 입으로 노래인가 울음인가
　　깃털 하나 없이 달려나간다

　　새가 운다 바람이 운다
　　파란 새가 운다 붉은 새가 운다
　　검은 구름이 운다 붉은 물이 운다
　　천 길 강이 솟아오른다
　　만 길 바다가 솟아오른다
　　학생들이 학교 가지 않는다

구경꾼도 없는 판소리에 어둠 한 겹 두 겹 물러난다
볕 드나 바람 드나 물 드나
갈기 세운 파도 소리 만경창파 밀고 썬다
수천만 수억만 고기 떼들이 발정 난 바다가
오늘도 화면 가득히 부풀어 올랐다
독도 수평선 위로 푸른 창검을 휘두른다

터지지 않고 가볍게 사라진다
너는 색깔도 없고 냄새도 없다
무난한 것도 평범한 것도 질겅질겅 껌을 씹는다
공손한 말들은 구름 위의 하늘 속에 담겨 있을까
희극도 비극도 없는 하늘나라 별나라에서 반짝이고 있을까
네 몸도 버렸다 네 마음도 버렸다

빵처럼 잘 부풀어 오르는 나는
거울을 바라본다
내 속눈썹이 아무런 이유도 없이 흔들린다
내 속에 마녀가 사나 영등할미가 사나

초록 터치

- 깨알 같은 눈이 반짝이는 어느 봄날 -

바람이 불면 화장로 굴뚝이 숨을 쉰다
물기들은 나무들의 깊은 몸속에 숨어 있고
굴뚝은 죽은 이에게 영혼의 작은 메아리까지 다 헤아린다
네 몸통과 손발 얼굴과 목 머리카락까지 모락모락 긴 굴뚝을
돌아
허공을 돌아 이리저리 흩어진다
망자의 집은 아무 곳에도 없다
온몸에서 온기와 맵싸한 연기 나고
내가 너를 놓치자 너는 작아졌다가
연기가 되어 허공을 빙빙 돌며 하늘로 올라간다
죽음이 너에게 준 것은 하늘을 날아다니는 자유다
하지만 너는 자유가 있어도 자유를 모른다
이제 너를 알아보는 사람도 없고 너를 알아보는 나무도 없다
어디를 가나 얼어붙었다 녹는
의식의 빛나는 영혼이 있다
삶과 죽음은 마지막 쉬는 숨조차도 없다
마르면 부서지는 걱정은 하지 말자
불꽃을 피운다
연기를 피운다
네 얼굴은 연기 무덤
네 몸은 연기 무덤
네 손가락 발가락들은 무덤도 없다
죽음은 다음 생일까

밥을 먹던 숟가락은 차갑고
겨울 속의 생명은 땅속에 차가운 어린 영혼들
침대에서는 꿈이라는 단어를 떠올리는 것만으로도 행복하다

어름 속에 첫 씨앗을 심었다
가늘고 짧은 바람을 불러 모아 해를 심었다
하늘의 심장을 땅에 심었다
아직도 높은 산엔 까마귀의 긴긴 울음이 천 길 눈에 빠져있고
가족들은 다 식어 버린 아궁이 하나씩 들고
불을 지핀다
이유 없이 얼굴이 붉게 달아오른다
아버지는 허물어진 아궁이를 찾아다니며 수리한다.

동지가 지나고 백일 하고도 초삼일
바람의 눈치를 살피고 햇빛을 몸속에 불씨로 점화한다
하늘에 계신 우리의 아버지 얼어 죽었던 아기들 또 아이들
하늘에 있는 파란 눈들이 발가벗은 아이들이
골목골목마다 집마다 눈뜨는 기척이 들린다
아궁이에 밥 짓는 연기가 피어오르고 밥솥에는 김이 모락모락
난다
가슴에 들러붙는 냉기도 활활 타오른다
바닥 밑에는 또 바닥이 있고 하늘 위에는 또 하늘이 있다
생명의 깊이를 알 수 없는 근원

여공들은 봄볕을 여기저기 끊어다 새 옷을 만들고 손질한다
붉은 피가 도는 연인들끼리 키스를 한다
커플만의 닭살 열애
여기저기서 화들짝 결혼한다
화들짝 산부인과 문을 열자
두 손을 움켜쥔 아기들이 울음을 쏟아낸다

가끔 나무들도 알아듣지 못할 말을 한다
나무의 뱃구레가 출렁거린다
나무의 지저분한 꽃진 자리마다 푸른 열매를 다닥다닥 매단다
하늘과 땅 사이에서 갈등 많은 바람이 이리저리 나뭇가지를 흔
들 때마다
하늘은 나무를 꽉 잡는다

젖는다

화창한 정오 가게들이 조금씩 젓는다 너는 어디로 가기 위해 종종걸음 걷는다 또 어디로 가기 위해 걷는 것이 아니다

쓰지 않는 창문 많은 집 겉창을 밀어도 꼭 그만큼의 크기로 가려진다

퇴화한 먼지들이 외로운 몸을 푸는 뒷골목 미장원에도 미장원 밖에도 네 몸과 얼굴이 불안한 표정으로 허공에 떠 있다 거기에 있다고 거기에 있지도 않는다 네 몸은 헐렁하고 너덜너덜 찢어진 모양 얼굴에 문신을 새긴 네가 추상화 그림처럼 몽롱하게 서려 있다 주변이 너무 산만해 너무 희미해 너무 어두워 오늘은 왜 자꾸만 기침을 할까 기침이 구더기처럼 손가락 발가락에서 기어 나온다 잠을 깰 때도 잠을 잘 때도 표정은 매일 한가지 반쯤은 흐릿하고 반쯤은 분명하다

ㄴ은 ㅁ 마가린 마가목 마각 마각석 ㅁ은 ㅇ 아 악 안 알 개구리알 개미알 알 수 없는 언어의 받침들과 단어들 언니의 머리칼도 네 머리칼도 연필로 그린 듯 오목하게 붙어 있고 볼록하게 붙어 있다

엎질러진 물의 소란스러운 마른 여운이 빛 속을 기어다닌다. 하늘에 일자 구름이 긴 창처럼 누워있다

구름 속에서 검은 개미가 나온다 붉은 개미가 나온다

테두리 같은 긴 구름 창이 그 밑은 편안하게 받치고 있다

이슬비 오는 서해횟집 창문은 물고기가 혓바닥을 내밀 기라도 하는 듯 물고기가 헤엄치기라도

하   는   듯

비릿하다

출구를 찾는 물방울들이 튀어나오고 몸부림치기도 하면서 유연해지다 희미해지다 사라지기도 한다 그때마다 물고기도 없는 물고기의 비린 냄새가 난다 그때마다 사각 벽의 숨구멍들을 자꾸만 잊는다

몰래 반짝이는 하늘에 별은 네가 볼 수도 있고 내가 볼 수도 있다

여기는 옷 가게 저기는 꽃가게 여기는 꽃이 없고 저기는 옷이 없다

도착 후에 도착하는 외로운 빗방울들이 날아다니면 밝은 곳에서도 어두운 곳에서도 테두리가 생겨난다

연약한 윤곽으로 뭉쳐놓은 빛의 그 중심으로 바람 무늬가 물결 무늬가 옹기종기 모여있다

눈과 코와 입을 아무리 닦아도 너는 늘 뒤통수가 환해진다

생각할 때도 생각하지 않을 때도 잠잘 때도 잠 깰 때도 늘 표정은 한가지

바람으로 잉태한 생명 바람으로 사라진다

저녁 황혼이 와도 종종걸음을 걷는다

힘센 달이 이미 정한 칠흑의 밤하늘을 녹이는 시간

밤공기마다 붉은 피를 토해내는 늦은 가을 달빛에 쓰러진 벽들이 허물어지면

여기저기 숨 막히는 비밀이 아파트 창문에서 튀어나오려고 몸부림치고 한 움큼 되는 혓바닥들이 길거리에 쏟아져 나오면 그 시끄러운 소리 독보적이다.

어항 속의 살롱

붉은색 체리바브가 황금색 체리바브를 낳았다
수조엔 100년 이상 잠들었던 까슬까슬한 인공 수초들뿐
머리와 몸통에 질척질척 달라붙는 솔방울병 배 마름병 바늘꼬리병
물 멍때리기 딱 좋은 관상어들의 살롱
물고기의 유영이 물고기의 눈동자를 흐리게 한다 물속을 솟구쳐 올라본다
사방 벽은 검은 듯 붉고 붉은 듯 희다
체리바브가 힘없는 창밖에 달의 사열을 받을 때
빛줄기가 점점 약해져 가는 밤이 고백하듯 스며든다
어항엔 유례없는 물거품이 포개진다
방울방울 물방울이 삭아가며 식어가며 절묘한 비유법으로 글을 써 내려간다
중심을 잃은 것을 아름답게 변명하고 있는 듯
무너지고 솟구치는 기하학적 물의 작은 부력들
빨간 맨발의 물고기가 춤을 추며 어항 속을 날아다닌다
하늘에서 방 안으로 들어온 별을 입에 물고 싶어
물의 언어로 재생된 단단한 돌멩이를 찾기도 한다
텅 빈 방의 배후에서 흘러나오는 생각의 냄새
창문 밖에서 구름을 입에 문 푸른 새의 울음
울타리는 모래가 불타오른 유리 그 유리에 빨간 고깔모자가 부딪친다

동그란 사과를 자르면 사과 반쪽을 뒤섞은 달콤한 밤이 오고
물이 닿지 않는 곳은 하늘이라 지칭해 본다
하늘 없는 하늘에 밤이 거칠게 오고
반쪽 사과 속에서 빠져나온 까만 씨앗을 창밖에 주워 던지며
새벽이 온다
몰려다니다가도 삐진 양 꼬리치며 돌아서는
물고기의 강한 번식력이 담담한 방 안을 휘젓고 있다
찰랑찰랑 물의 카페에서 물의 흐름이 엉켜 있을 때마다
물의 시작과 끝을 찾을 때까지 빨간 머리와 검은 줄 몸통과 빨
간 지느러미로 물살을 헤친다
열린 창문으로 들어온 아침 햇살을 따로 떼어먹은
난태생 체리바브는 배가 볼록해진다
저 먼 강물이 흔들리고
태어나자마자 걸친 물고기의 비늘은 낯설고 흐르지 않는 물을
따라다니면
뒤늦게 나타난 주인이 어항 속에 흘린 체리바브의 불안을 지워
주고 체리바브는 주인을 바라보는 듯

샤크콜러

휴일 오후 잠에서 깨어 TV를 본다
TV 속에는 온통 숲과 바다뿐이다
일기예보도 모르는 섬
풀과 나무와 소라껍데기가 있는 바다
밝은 눈으로 해무 속에 파묻힌 바다를 본다
몇 겁 생을 건너와 말을 거는 파도가 물고기를 부른다
물고기가 있어 아직 사라지지 않는 사람들
매일 보는 바다도 매일 닮은 듯 다른 모습
나무 노 하나로 밥을 먹는 법을 익힌 전사들
힘들 때마다 혼자 주저앉았던 뱃길
방울 소리로 훔쳤던 상어의 혼
세계와 공감대를 이루는 족장의 기도
이미 세상을 떠났던 할아버지 할머니의 무릎을 감싸고 있는 듯
한 바다는 오랫동안 흔들거린다
남태평양 원시의 섬
멀리서 바라보고 있는 여자들은 수심을 아무도 헤아릴 수 없다
나무배 위에서 상어의 영혼을 부르는 자
샤크콜러들의 두 눈이 반짝인다

바다를 헤엄치는 물고기 떼의 하얀 비늘이 햇빛에 반사되고
배 위로 얼굴을 멀리 비추는 사나이들은 마르고 거친 혓바닥을
내밀고 거친 파도에 맞선다
여기에선 위험한 바다가 삶이고 신이다
바다 위를 헤엄치며 멀리서 상어는 달려오고
바다 위에 검은 새가 날아다니면 도무지 헤아릴 수가 없는 심
해 속으로
모두 입 꼭 닫고
무릎을 폈다 접었다 작은 방울을 조용히 흔든다
바다 몇 바퀴를 돌아온 상어가 지척에서 보이고
사나운 전사들이 상어를 향해 작살을 던진다
투박한 작살이 검은 상어 등을 향해 날아간다
어두운 바다의 근육들이 요동치고 상어의 피가 불안한 바다 위
에 붉은 선을 긋는다
태평양의 밤이 무거운 소금처럼 말을 건네오고
별들이 기름진 바다를 잠재우면
샤크콜러들의 깊고 웅장한 소라 나팔 소리

카이메로

몰려다니는 붉은 피가 내 머리를 흐리게 했다
제모사가 하얀 면도칼로 거웃을 깎은 뒤
동맥을 따라 머릿속에 3차원 4차원 카이메로가 들어간 것은
축축하게 구겨진 하루하루의 안개와 검은 구름이 동침하면서
부터 시작되었다
피의 긴 흐름에 누가 도돌이표를 그려 넣었을까
장소조차 불분명한 동맥류 풍선 두 개가 생겨났다
터지면 물난리가 나거나 불난리가 나겠지
검붉은 피의 흐름이 불규칙하다 호흡이 짧아졌다 길어졌다
개미보다 작은 로봇이 천지를 휘젓고 다닌다

마취에서 깨니
어찌나 머리에서 입에서 코에서 열불 나던지
내 머릿속이 찢어졌나
아님 인류의 생명을 기록하기 위해서 밑줄그었나
번식력이 강한 로봇이 피를 따라 돈다

이제 담배는 물론이고 한 잔 커피도 한 잔의 술도 안 되고 잡
식을 삼가고 초식을 주로 하라는 의사의 말이 있었고 하얀 옷을
입은 간호사는 미소 짓는다
아주 잠깐의 혼돈 때문에
지난 수십 년 동안 육류도 생선도 유통기한 지난 식품도 툭툭
잘라 먹은

손도 문제 입도 위도 문제 보일러 선에 헛바람 들기 시작했단다
등나무 줄기에 칡넝쿨에 감긴 내 머리
뇌 안에 자벌레들이 머리통을 꼬집고 비튼다
캄캄한 검은 그림자들이 주렁주렁 매달린다
얼굴이 새빨개졌다 검어졌다 뇌는 지금 병중이다
나는 이상한 사람이었다
검은 벽 하얀 벽
유리창을 흔드는 바람결도 오르다 내리다
방 안은 매일 같이 축축하다
갑자기 너무 갑자기 집에서도 골목에서도 추방되었다
머리가 먹물같이 짙어지면
목으로 입으로 붉은 것을 뿜어내나 푸른 것을 뿜어내나 흰 것
을 뿜어내나
닿지 못할 멀고 먼 길 뱃속에서 차올라서
하늘까지 솟구치다 떨어진다
다리를 건너 산을 건너 집을 찾아온 나는 참회를 하고 절을 한다.
푸른 새가 나무속의 둥지에 들어간다 검은 새가 숨는다 나무
들이 고운 나이테를 만든다
갑자기 찾아온 넓은 들녘 푸른 벼포기들 아늑한 배경으로 꾹
밀짚모자 눌러쓴다 머릿속이 탈춤 추는 기저귀도 뙤약볕 날갯짓
도 수그러진다

누수

시계의 초침이 움직일 때마다 조금씩 비틀리고 있다

오늘은 그런 리듬을 가진다

식구들이 잠에서 깨어나면 창문 밖에는 새도 울고 벌레도 운다

창문 안에는 밤새 싱크대 앞에 식탁이 놓여 있었다

몸 안에 찬물들이 들어가 모여 있으면 이완되었던 모세혈관들이 수축하고 그 압력이 심장을 멈출 수도 있다는데

싱크대와 거실이 한 공간인 우리 방 세상에 얼굴만 바라보는 방이 있고 세상에 얼굴만 수집하는 방이 있다는데

거실에 누워 싱크대를 향해 손짓하면

내 손짓이 쿨쿨 소리가 되어 온 천지에 메아리친다 나는 그 힘으로 푸른 물이 차오른다

물무늬들이 모여 물방울이 되고 물방울들이 모여 물결이 된다고 믿는다

지금 온 천지는 비와 바람으로 파도친다

50년 만에 오는 폭우라고 물이 물을 먹으면 하염없이 읊조린다

20대의 젊은이가 40대의 아주머니가 60대의 아저씨가 죽었다 장례식장에 국화가 열 송이 오십 송이 백송이 놓인다

물처럼 깨끗하게 죽은 사람 처음 봤다지 어찌나 물이 핥아줬는지 얼굴이 다 말갛더래 봄꽃같이

우주에서 끊임없이 불과 물이 태어나고 빛을 내고 물이 흐르고 지구 반대편에서 사람이 쓰러진다 절망하지 않는다 작은 진동도 지반을 조금씩 뒤틀고

물의 그림자가 식탁에 쓰러져 울고 우리 집이 무너지는 중일까

아님 싱크대가 무너지는 중일까 물거품이 터져도 맥주 거품이 터져도 물리학의 정보는 절대 사라지지 않는다는데

태어나고 죽고 사라지고 다시 물결치고

물이 물에 취해서 춤추다 나는 거실에 누워 소리친다

물은 스스로 사주한 도난이라는 소문과 물길을 따라 꾸불꾸불 몸을 푼다는 하얀 쌀눈 같은 이야기도 누수의 배후로 지목되는 것은 공기원근법이라는 후일담도 있다

우주가 만들어지기 이전에 우리는 하나의 물방울이었을까

똑 똑 똑 산책할 시간인데도 거실에 누워 나는 물결치고 있다

앞발을 들고 창문을 서둘러 두드리는 물방울 속에서 어깨를 부딪친 노파의 비명 소리가 나고

젊은 아낙의 아가 달래는 자장가 소리도 난다

내 손가락 끝에 검붉은 피가 모였을 때 축축한 손을 얼떨결에 움켜쥐었을 때

현악기의 배경을 물샐틈없이 드럼으로 두드려 긴박한 분위기를 만들어도 정말이지 좁고 넓고 낮고 높은 비가 창문밖에 아무리 쏟아져도 김빠진 물이 영창에 흘러내린다

별은 사라지며 거대한 에너지를 내뿜는다고 하는데

우주에 별은 끊임없이 태어나고 죽고

천지에 수도꼭지를 끝까지 털어놓은 오늘 아침 수많은 누수의 소리에 눌려서 무거운 문을 닫는다 너무 규칙적인 것은 무섭다 치열하게 몸을 움직이는 초침 소리까지도 무섭다

몸을 웅크리고 내쉬는 내 숨소리가 천지에 가득하다

어느 산사에 스님이 목탁을 치고 소리가 탕탕 천지를 울린다

굴뚝

하늘로 통하는 좁고 둥근 방에는 외미닫이 창문이 하나 있다
지구의 중력은 속이 텅텅 빈 내 몸뚱이를 몽둥이로 밤낮으로 때린다
거기에는 햇살 무늬도 없이 더 덜컹거렸고 구름의 캄캄한 역마살이 모여든다
바다와 광활한 광야와 아득한 하늘은 어디에 있을까
곰팡이 핀 축축한 이끼는 온몸에 끈적거리고 먼지와 모래알은 입속에서 서걱거린다
둥근 무덤 속에 나는 몸을 웅크리고 끝없는 불의 비명 소리를 듣는다
내 앞에 내가 있고 내 뒤에 내가 있고 내 옆에 내가 있다
여기 있는 나도 저기 있는 나도 간격은 하나 같이 똑같다
밤도 낮도 모른다. 내 속에서 불이 활활 춤춘다
하나의 선으로 이어진 캄캄한 불의 발자국들 탕탕 총 쏘는 소리도 들리고 대나무 터지는 소리도 들린다
승리한 자도 불춤을 추고 패배한 자도 불춤을 춘다
불꽃 전쟁은 끝이 없다

시타를 구하려는 악마와 시타를 가지려는 악마의 전쟁일까
플라스틱 타는 냄새가 진동한다
내 밖에는 사방이 우주만큼 트여 있어도 아무것도 볼 수 없다
하나의 선을 따라 타들어 가는 화마는 나를 끝없이 괴롭힌다
나는 세상의 가장 깊은 어둠 속에서 살고 있다
낮도 밤도 어두운 맨살의 허공
나는 처절한 불기둥 속에 갇혀 있다
여기는 사랑을 잃고 울음만 있는 곳 쓰레기 수거차가 온다. 차
떼기로 불을 태운다
터널 같은 적막을 지탱하는 건 그을림의 안간힘이거나
구들을 빠져나간 지 오래된 불의 밑바닥 체중들이겠지
상처 많은 문명도 눈물도 불꽃으로 지탱하기엔 나는 너무 나약
하다

내 머리끝에 해와 달은
생사가 없는 높은 하늘에서 웃고 있다

금줄

휴대폰을 만지며 걸어가는 여자의 그림자가 자꾸 길어지고
나는 팔꿈치에 굳은살을 만지면 살비듬이 뚝뚝 떨어져 날아간다

누나는 금값이 올랐다고
손금을 팔러 나갔다가 아직 돌아오지 않았다
하늘에 닿았다 떨어져 나간 보푸라기 구름이 날아갈 것 같다
너덜너덜 낡은 구두도 날아갈 것 같다

팔꿈치 밖으로 문이 보이고
문이 열리고 문이 닫히고
문 앞에 서고 싶지만 문 뒤에 선다

문간에 금줄로 매달아 놓은 고추 실 숯 칼을 생각해 본다
아무도 올라 보지 못하고 조곤조곤 떠드는 수많은 이야기가 묻
히고
금줄은 바람에 울렁거리지만 누구도 넘어오지 않는다
금줄을 내걸게 하던 산부인과조차 사라져가고
깍지 낀 손마디 같은 아낙의 눈물을 남자들은 읽어냈을까

줄이 걷히고 아기를 안는 소리가 도처에 흐르고
금줄이 사라지고 사람들은 어디로 갔는지 아무도 말해주지 않
았고
아무도 몰랐다
옹색한 변명에 짓눌려 더 솟아날 일은 없다

어릴 때 엄마 아빠는 신문을 찢어 온 벽에 검은 듯 흰 듯 눈이
펄펄 내리게 했다
　벽지는 모로 누운 놈 거꾸로 누운 놈 가로로 누운 놈 세로로
누운 놈
　모두 괜찮다고 무너지지 않는다고
　흙벽을 배회하는 보푸라기들 속에 굳어버린 식구들 살비듬이
뒹구는 방안
　겨울바람에 요동치는 벽
　식구들 손가락 박힌 창호지
　대나무 문살은 우리를 노려보고 뒷걸음친다
　더는 찢을 것이 없다고 찢지마라 소리친다

　금줄이 사라지고 사람들은 어디로 갔는지
　아무도 말해주지 않았다
　그 집에 남고 싶은 사람이 정말로 아무도 없는지

　누나는 손금이 올랐다고 손금을 팔고 금줄은 더 많이 올랐다고
금줄을 준다는 남자를 따라
　검은 외투를 꽁꽁 여미고 펄펄 눈이 오는 날 떠났다

도공

터지는 꽃망울에 다짐해 둔 언약
점토는 중력을 거슬러 올라 숨 가쁘게 돈다
물레 위에서
햇살은 머뭇거리다 은근슬쩍 물러서고
돌수록 깊어지는 결속
흙이 불을 켜는 낯선 세상 놓친 길을 찾는다

마음을 담아야 형태가 만들어진다며
쏟아지는 점토를 보듬어 잠재우며 은빛 봄날 더듬을 때
점토가 돌아간다
물레가 돌아간다
누가 저 도공보고 손가락 칼 매고 결 따라 흘러내리는 수결하며
하얀 과녁을 맨손으로 겨누는가

우주가 빚어낸 바람이 물든다 빛이 물든다
물을 머금은 흙이 기어코 풀어헤친 진경 속 새 생명
시린 가슴 기다림도 매만지며
어제로 가는 길은 갈수록 더 오묘해
손길이 조금만 거칠어도 점토는 뭉그러진다
속으로 끓는 불길 입김 불어 잠재우며 산과 들을 향해 낮게 낮
게 일어선다

도자기는 곡선을 그리며
한쪽으로 기울지 않기 위해서 한쪽으로만 빙빙 돌아간다
날개를 펼치며 도는 물레의 주변으로 풍경이 둥글게 만들어진다

하늘을 유영하는 별이 흙 속으로
단단하게 피어난다면
쏟아지는 난리 통에 어떤 무늬가 태어날까
되돌이표를 눈동자로 그려 넣는다면
네 속으로 질주한 시간을 찾고 있을까

네그리소체에 걸린 나의 뇌 안에도
흙 속의 흙 안에도
열매를 맺으려 하는 꿈이 몇 그루 있다
흙을 따라 구불구불 태어날
시를 알려주려는 듯

달이 보이지 않는다

물속
하늘을 보면 늘 우중충하다
아이 적 동산도 만화방도 없다
멀고 긴 시간 오락실과 잔인한 전자 게임뿐
멀쩡한 엄마는 돌아오지 않고
노을의 향기를 따라
노랑머리 사내와 언니는 떠나고
내 맨가슴에 들어온
황사 바람이 이리 뛰고 저리 뛴다
하늘이 보이지 않는다
산이 보이지 않는다
숲이 우중충하다
늘 흐르는 강물도 메말라 장막을 들추고
들끓는 갈대 위를 눈에 불을 켠 물뱀이 뛴다
미세먼지 이빨에 찢긴 하늘은

늘 소리 없는 천둥 번개로
비가 오다 날이 들다 변화무쌍하다
사람 손목 끌어당기는 우리 동네 숲과 오솔길은
붉은 딱지 붙은 재개발 촌
누더기로 쫓겨 다니고
네 발로 날품 하러 나간 아낙과 사내들은
날개 달린 맨발의 청춘
달동네 천 평 만 평은 여남은 평 남짓
우리 동네 하늘 텃밭
무엇을 먹었는지 이리도 헛배 부를까
달 한 쪽씩 귀에 걸고 자고 싶은데
오늘 밤에도 달이 보이지 않는다
내일은 우리의 하늘에
구름을 이기지 못하는 낮달 같은 태양이 뜨지 않을까

달마는 어디로 가고 있나

발이 없는 달마는 어디로 가고 있나

6월에 피는 모란꽃 조화를 3년째 달마가 있는 법당에서 키우고
있다
물론 줄기도 있고 잎도 있고 꽃도 있다

물 없는 화병에 잎이 피고 꽃대가 올라오고
붉은 꽃은 향기를 뿜어내는 듯 진지하다
속이고 속는 세상
꽃인 측 붉게 타오른다

긴 화병에 물이 없다
법당에 부처가 없다
법당에 스님이 없다
가만히 가만히 법당 천정에서 벽을 타고 거미가 거꾸로 내려온다
저건 태어날 때부터 누굴 추궁하는 강인한 모양일 거야
바람에 잠자던 나무 문들이 잠을 깬다
진짜인 건 벽에 걸린 달력 12장뿐
진짜인 건 푸른 자연의 체취와 향이 뒤엉킨 나무 문뿐
답답하면 열고 불안하면 닫고

한 생명이 다할 때까지 불타오르는 촛불에
기도할 수 있는 건 무엇일까
타닥타닥 불이 타오른다 타닥타닥 불이 뛰어오른다
기도할 수 없는 건 또 무엇일까
녹아 굳어버리는 촛농들은 초의 무덤일까
촛불은 타오르고 초는 빠져나간다
그 온기 따스하게 피어오른다
저 처절한 전신 연비

내 기도는 저 먼 곳을 향한다
내 기도는 내가 가지 못하는 곳까지 흘러
또 다른 내가 세상에 태어날지도 몰라
나는 숨을 버린다 나는 숨을 마신다

참회와 기도 사이의 견고한 제단은 촛대가 위로하고
벽이 벗어둔 어둠을 마지막까지 끌어안고 촛불이 불을 밝힌다
한 번도 피워본 경험이 없는 꽃이 피어나고
오랜 시간에 걸쳐 발을 감춘 달마도에 발가락이 보인다

삼년상

세상에 두 종류의 온도가 있다
영상
영하
하늘 속에서 어머니가 내가 잘되라고 빌고 있다
하늘 깊숙이 숨었던 꽃송이가
하늘하늘 내려온다
저 소리 없는 꽃 좀 봐

오늘은 백사장에 앉아서
헌 집 주고 새집을 짓는다
뭉쳐지는 집들
흩어지는 집들
절에서 목탁 소리 울린다
얼음이 녹아서 물결로 바뀌고 있다

문이 없는 집은
문이 있는 집과 무엇이 다를까
집이 없는 집은 또 우리의 영혼일까
우리의 영혼은 하늘에 있을까 땅에 있을까
육신은 또 영상의 온도만 유지할까
영혼의 집이 또 육신이라고 하면
육신의 집은 또 어디에 있을까

바다엔 주소가 없고 파도뿐이다
등대엔 파도가 없고 불빛뿐이다
갈매기가 하늘로 날아오르고 이제나저제나 들리는 바람 소리
는 매일 국적을 바꾸고 있다
또 국적을 몇 번 바꾼 사람도 있다
내 동생도 국적이 다른 여자와 산다

갑자기 너무 갑자기 밖으로 밖으로 밀려나면 몸이 차가워진다
안쪽은 밖이 될 수 없을까
지난날의 묵은 페이지를 들추어 보면
피안의 밝은 불이 켜질까
캄캄한 밤에도 매일 바벨의 불은 켜질까

두 개의 뿔이 돋아난 짐승도 많다 육체와 정신의 무게를 줄이
고 싶었을까
아니면 울음의 무게를 느끼지 못하도록 한 바라밀일까

송아지가 운다 어미 소가 따라 운다

나무에 불을 붙이면 숯과 연기로 분리된다

창문 틈새로 미끄러지는 바람이 있고

창문을 향해 날아오는 새가 있다
우리 대부분은 문을 꼭 걸어 잠그고 살기에
바람도 새도 창문 안으로 들어오지는 못한다

고온은 녹는 점과 일치할 때가 있다
그래서 초록은 버터가 될 수도 있고
고급 차가 될 수도 있다

인사를 받지 못한 보름달이
바닷가 나무 위에서 발끈 화를 낸다

몇 번 꽃을 피워본 온도는
그 속에 달콤한 물이 흐르고 있다
어떤 목적도 없이 집요하게
고운 색깔을 안에서 밖으로 내 뿜는다
꽃은 영혼을 가진 식물일까

얼음이 녹기 전에는 모양이 사각형도 삼각형도 있다
책상이 주로 사각형이라는 것은 정돈의 의미가 있을까
사람은 다방면을 갖고 있으면 이해의 폭이 넓고 깊어진다는데
책상 앞에 내가 주로 있으면 이별에 쓰이는 슬픈 글로 연필이
많이 닳기도 한다

그냥 안녕이라고 하면 될 것을 육신은 또 여러 가지 지울질 한다
눈이 녹기 전에는 잠시 눈사람으로 있는 것처럼 영혼을 그렇게
볼 수 있으면 얼마나 좋을까
내 영혼이 혼미하다 내 뇌도 혼미하다

죽음은 죽음을 모르는데 삶은 왜 죽음을 다 알고 있을까
삶도 죽음도 모양은 제각각

오늘은 눈사람이 되고 싶은데
영상의 날씨라 눈사람이 될 수 없다
영하의 일기에 누군가에게 태어나는 꼬마 눈사람이면 좋겠다
나는 내 안에서 사람들도 보지만 개들도 보고 돼지들도 본다
또 거북이도 본다
나는 또 영하의 온도에서는 삼각형이 된 나도 보고 사각형이
된 나도 본다
영하의 내 목소리가 허공에 떠 있는 어두운 구름무늬로 번지기
도 한다
그땐 나도 지구본을 닮은 원형이면 좋겠다

이제 거미줄이 있는 골목을 돌아 으스러지지도 사라지지도 않
는 깊은 그늘을 간직한
집으로 돌아온다

아무것도 없는 나와 욕심을 가진 나와 똑같은 시간에 똑같이
돌아온다

  짐승 새 물고기들이 모두 잠든 밤
  내 목소리가 증발하고 사라진 하늘을 본다
  연속무늬로 떠 있는 구름을 본다

  헐떡거림이 없는 밤에
  내 육신도 내 정신도 잠들었으면 좋겠다

  입을 다물면 손발이 떨리고
  손발을 바라보면 내가 보이지 않고
  서로 다른 상념들이 내 속에 이렇게 많아
  손이 떨리고 발이 떨린다
  내 신발은 어디로 갔나

  가만
  가만
  내가 잠이 들면 모두 조용해질 것이다
  내 안에
  내 숙면의 온도는 몇 도일까
  또 바다에 어머니를 두고 온 내 외로운 삼 년은 또 몇 도일까

옛날 집

쑥부쟁이 한삼덩굴 숨죽이는 해질 녘에
장독대 틈 사이로 뱀 한 마리 지나간다
고요한 툇마루는 먼지로 층을 쌓는다
주인 없는 고지서는 마루 한편 닳고 닳은 몽돌이 받아 들고
기와 물결 끊어진다
저승과 이승을 사이에 둔 처마가 기울어진다
마당 깊은 집은
들끓는 바람 잠재우며 살고
돌아오고 돌아가는 메마른 섬돌이
흩어진 가족들의 근황을 묻는다
옛날 집이 기적처럼 신성한 감나무를 의지하면
별들조차 감나무 가지에 옹기종기 앉는다
바람이 들락거리는 안동댁 방 안으로
너덜너덜한 문풍지에
손자 손녀들 웃음소리 즐비한데
봉숭아 꽃물들인 누이의 손톱 같은 반달이
앞산에 기댄 채 샛바람 죄 꺾으며 몸을 푼다

나무의 동면기

바람이 날고 있다
날리는 구름 조각이 하늘을 덮고
저 산 이 산 경사를 오르는 달은 숨이 찬지 얼굴이 빨갛다
오늘 이 흔들리는 것은 무엇일까
오는 것과 가는 것이 엇갈리는 하늘과 땅

산속의 산속에 나무들이 비스듬히 서 있다
두 손에 실타래를 감았다 물레를 풀고 있다
얼음은 산
물은 보이지 않고 물소리만 들린다
하늘도 땅도 돌도 나무도 물이 되어 소리를 내며 흐른다

구름이 날고 있다
바람이 날고 있다
물이 날고 있다
쩡쩡 새집 짓는 공사가 한창이고
설산에 들어 겨울을 나는 나목 인생
생각에 잠긴 듯
생각이 없는 듯
낙엽 밑 씨앗들까지 밥그릇 긁는 소리 들린다

얼룩무늬 나무 수피가 햇볕이 닿으면
잎도 없는 나무는 눈에 파란 불을 켠다
바람은 지나가는 불량배라 몸속에 들인 적 없고
그럴 때마다 팔뚝을 좌우로 흔들어 바람과 맞선다

손바닥 뭉뚝한 겨울나무는 모두 꽁꽁 언 몸을 푸느라
나무의 생채기마다 서표를 꽂아두고
녹아 흐르는 물소리에 몸이 젖기도 하고
날아가는 바람 소리에 몸을 말리기도 한다

추위가 가득 엉켜 있는 온몸
작은 샛길이 마을 쪽으로 얼어 미끄럽다
빈 몸으로 서 있는 겨울나무 바람이 아무리 불어도
봄이 오는 방향 쪽으로 마중을 나가는지 발걸음 소리가 들린다
날짜를 세는 가지는 손바닥에 조각난 구름을 꼭 쥐고 실눈 같
은 작은 눈을 뜨고 하늘을 달구고 있다

나무를 찾아서

　버스가 지나가고
　버스를 기다린다 신호가 바뀌고 사람들이 오가고
　내려야 할 곳을 놓친 교차로가 있지만 버스는 연착이라는 것이
없다
　버스는 누구에게 태어난 뺑뺑이일까 같은 거리 같은 길을 뺑뺑
돈다
　어디를 가냐고 아무도 묻지 않는다 만약 누가 어디를 가냐고
묻는다면
　콘크리트 벽들로 지어진 집을 벗어나고 싶었다고 나무를 만나
러 길을 간다고 대답할 것이다
　환상적인 날씨엔 혀 내밀고 숲길을 걷고 싶다
　속도의 격렬함으로 불안한 영혼들이 땅에 닿지 못할 포장 바닥
이 아니라
　흙 속에서 태어나 흙만 있는 나무가 사는 동네라고 대답할 것
이다

　나무 속에 풀과 나무만 있는 세상
　눈치 없는 애인을 유혹할 때도
　눈빛은 애매하게 대화는 혓바닥을 굴리지 않아도 검푸른 자음
과 모음이 잘
　어울리고 자라나는 곳이면 된다고 나는 대답할 것이다

빛이 운다 바람이 운다 새가 운다 매미가 운다

숲속에 빛은 붉은 듯 노란 듯 오렌지 하얀 속살같이 어휴 깜찍하고 상큼해

핑크빛 커튼을 치고 있는 당신 아휴 상큼하고 엉큼해

하늘로 오르는 나무 징검다리에 햇살이 빙빙 돌고

끝없이 승천하면서 자라나는 가지와 잎에 반한 바람이 기웃기웃 나붓거리고 새하얀 이슬은 외줄을 타다 풀잎에 위험하게 매달려 있다 가만가만 고요 깨트리는 내 작은 기침 소리에도 이슬이 떨어질 것 같다

나무를 보려고 왔다 집을 보려고 왔다

그 많은 나무는 왜 보냐고 집은 또 어디 있냐고 묻고 있는 동안

햇빛이 금색 은색 감정을 토한다 당신 어머 상큼해 어머 따뜻해 나는 당신을 사랑할 것이다

나는 나무를 보고 있다 나무 향기 나는 나무는 눈에도 좋을 것이다

빙빙 도는 바람은 짝짓기하는 바람이라 민망해서 청춘남녀는 보지 말아야 해

해도 돌고 달도 별도 구름도 돈다 지구까지 돈다 교합하고 잉
태하고 탄생한다
　나는 오늘 없다 없음이라고 말하는 없음까지도 없다
　없다는 말이 없이 없다는 말로 들린다

　당신은 무슨 나무인지 몰라 단단하고 곧은 품에 꼭 안기고 싶다
　너는 여전히 말이 없다 내 속에 와도 말이 없다
　맑은 녹색으로 개과천선하는 곧은 당신의 품은 더 좋아해
　눈 잎사귀 가지 둥치 말없이 하늘을 우러러보는 당신 정말 상
큼해
　나는 언제 나무 같다는 말을 들을까

3
산책로에서

산책로에서

티도 없이 새파란 하늘
시간이 하늘에 닿은 듯
시간이 없는 듯
무성한 숲길

시린 바람 그림자들 왜 떠나지 못하는지
사람들은 보이지 않는 곳에서 보이는 것보다
뒷모습이 쓸쓸해지고 있다는 걸 아는지 모르는지
산책로에 오면 매미 울음소리가 갈잎 그림자를 쓸고 있다

산모퉁이 휘감아 도는 천변 풍치
얼룩진 기억들이 눈물 언저리 젖어 들 때
그 자리 손들어 새기는 풀잎과 물의 언어는
거울처럼 순결하다

욕망의 캄캄한 배후가 사라지고 나면
세상에서 가장 뜨거운 어무이 아부지 목소리 허공을 맴돌고
귀에 흘러들어 묻힌다

혼자 앉아 자연을 살피는 것만으로도
맑은 눈으로 어둠에 파묻힌 글자를 씻어줄지도 몰라
사랑이 서성이는 강가에
비를 맞으며 사라진 사람이 그립고 아득하다

뒷모습도 앞모습도
돌아보면 없는 사람들 하나둘 불러 모아
땅 깊이 절룩이며
길을 걷는다

발자국

나는 꿈을 꾸고 있는 걸 거야
세상은 온통 살아있는 것투성이들
죽음은 또한 마지막 침대에 누워 잠시 쉬고 있는 것은 아닐까
나는 죽었는가 살았는가 이제 조련으로 청춘을 보낸 야생을 놓
치고 말았다
냄새만 맡아도 꿈틀대는 흙 자갈 풀 눈뜬 벌레 눈 감고 졸고
있는 하늘
죽은 자의 혀가 잘린 것 같은 검은 구름 속의 붉은 구름은
발자국이 없는 누구의 그림자들일까 아님 영(靈)을 찾고 있는
또 다른 발자국일까
소리 나는 발소리 없는 발자국들이 커가고 있는 것을
내 송곳니가 느끼면 좋겠다
아작아작 송곳니로 톡톡 깨물어 버리면 혹은 나도 한때 여행자
였다고 말하는
구름의 발자국도 있을 것 같다
검은 새도 보이고 흰 새도 보이고 나란히 날아가는 푸른 새도
보인다
온 세상에 터질 것 같은 풍선들이 여기저기 둥둥 떠다닌다
뒷문도 열고 앞문도 열고 누군가를 따라 이곳저곳 떠돌아다니
는 것들 졸려도 눈을 뜨는 바다
눈을 감으면 하늘이고 눈을 뜨면 땅이고
나는 꿈속에서 누군가의 지목을 받아 절벽을 날아다니고 평야
를 날아다니고 하늘을 날아다니며 도망친다 누구의 사주도 받지
않은 원인 없는 죄와 벌

귀를 기울여 보면 침대의 요람이거나 교회당 책상 앞

미소를 감춘 아이 울음소리 들리는 날

그 울음소리 창문 밖으로 다 날아가 바람 소리와 새 울음소리와 어울리면 하늘과 땅이 온통 햇볕 이불로 뒤덮여 버린다

산과 산이 부딪치는 모습 물과 물이 부딪치는 소리 머리카락과 머리가 부딪치는 소리 나는 어느 날부터인가 머리에 흰 머리카락이 생기고 몸에 주름들이 생겨났다

내 속을 모의하기 시작한 나날들 나는 정성을 다해 구름의 무늬를 섬긴다

몸속에 바람이 분다 손톱은 가늘어지고

먹이를 주지 않고 채찍을 휘두르는 조련사는 맹수보다 더 사납다

맹수의 꼬리를 목에 두르고 길을 가는 젊은 여자의 구두 소리는 또박또박 나고 날카롭다 아니 그 여자는 고가대족(故家大族)일까

달리는 남자 걷는 여자 마보 또 달리는 자전거 갑자기 우산을 펴는 학생들 사람들

어쩌다 얼굴을 마주 보는 사람들은

골목에도 거리에도 시장에도 하늘에 구름처럼 둥둥 떠다닌다

그 밑줄에는 와글와글 발자국들이 화형(畵形)이 된다

고목

하늘에 닿을 듯이
푸르른 나날들
세월에 불타고 우뚝
홀로 남은 고목
아내를 잃고
홀로 남은 노시인
어눌한 분절어가
이 골목 시다
차라리 봄도 오지 말아라
불타는 여름만 남아
가을 없이 겨울 없이
젊은 매미울음 휘감고
훨훨 이산 저산 날아가고 싶다
입에 거미줄을 쳐도 중얼중얼
봄이 없는 봄을
꿈꾸는 마음 누가 알까
버릴 것도 남은 것도 하나 없는 이생
마음이 욕심만 일삼는
여름 대낮에
호수에 깊이 곤두박질쳐질
긴 나무 그림자 너무 쓸쓸해
차마 바람도 흔들지 못한다

할미꽃

끈질기게 엉겨 붙는 외로움
아이 적 골바람 불고
장에 나간 엄마는 돌아오지 않고
몸속 울음소리 듣는다
거룩한 예배처럼
엎드린 큰 머리로 외쳐대며 운다
나는 온몸을 다해 세상의 무늬를 새기려 한다
내 얼굴은 눈썹이 길어 붓도 아니고 연필도 아니고
종이도 아니고 몽상가의 골 깊은 골방일까
같은 시간에 같은 자리에서 무엇을 생각하는지
이슬이 배인 눈망울이 어룽진다
머리 숙여 상상하다 보면
눈썹이 하나둘 자라나고 꽃송이가 만들어진다
누룩처럼 부푸는 붉은 듯 달콤한 상상은
머리에서부터 배꼽까지 닿고
꽃이 되어 소멸하는 봄을 깊게 찢어진 입술로
앙다물며 하늘에서 땅으로 소리 없는 소음이 진동한다
자색 사색으로 고독한 세상을 유혹한다
작은 허공이 흔들리고
목청 다해 부르는 나의 등 굽은 노래가
가닥가닥 향기로 피어 아득하다
계절마다 그늘이 있어 자숙해지는 법
나무는 나무 그늘이 있고 꽃은 꽃그늘이 있다
아담한 적막을 베어 문 주름진 입술에 자주색 향기가 흥건하다

나팔꽃

지구에 빛깔을 합한 검정
우주의 풍경을 합한 어둠
하늘과 땅의 슬픔을 합한 눈물
어두운 만큼 더 밝은 해
눈물 같은 하얀 이슬이 온 세상에 반짝인다

머리 위 소음 나뭇가지를 움직이는 소리
몸 깊은 곳에서 금이 가는 소리 기억한다
잎에는 심장을 이고 머리에는 꽃을 이고 있는 너
쑥부쟁이 위에서 가시덩굴 위에서 담장 위에서
너는 정성을 다해 피를 돌린다

문이 닫힌 곳의 문을 열어라

죽어도 좋을 것 같은
목숨을 다한 마음이 아니면 꽃을 피우지 말라
무슨 덩굴로 무슨 꽃으로 살 것이냐고 묻지도 마라
안과 밖 서로를 잇는 질긴 줄이 인연인가

낡삭은 풍경을 업고 수평이 사는 들판에 서서
수직선 불끈대는 금빛 힘줄 당기고 싶지만
잡풀 무성한 빈터에 등 기댄 채 온몸 비비고
눈 가는 곳이 왼쪽이라 왼쪽으로만 걷고 또 걸으면
심장도 따라 줄기를 타고 간다
과거 현재 미래 삼세도 수결한다

내 안의 허기 쪼던 기다림들
흐르는 시간도 고여있는 시간도 물꼬 트고 손발을 불고 기도하며
자가규정으로 남색 꽃을 피운다

아무 말도 없이 떠난 사람 대답 없는 긴 하루하루
서슬 퍼런 생을 담장 위에 올려놓고
하늘을 덮고 누운 태양을 낮질하며 자색 꿈을 꾼다
동서남북 두리번 아름다운 미문(未聞)을 기다린다

얼굴을 뒤집어쓰고 발끝에도 머리 꼭대기에도 큰 화관을 메고
바람 속 골골이 움찔거리며 계단도 없는 허공을 오른다

경칩 무렵

맵싸한 겨울바람에 눈물 흘린 시간
추억이라 나부끼는 진눈깨비도 칙칙대고
고개 치드는 겨울 잡초들까지
나이만큼 책임질 일 많아졌다 투덜거린다
겨우내 몸을 덥힌 두꺼운 겉옷들 옷장에 다시 집어넣고
세상은 휘적휘적 환절기를 건너간다
누에가 실을 뽑듯 하루하루 싱싱하다
마음은 힘을 준 만큼 발을 옮기면 얼마나 좋을까
헹굼질 수만 번 한 새 하늘에 해가 뜨고
창문 너머로 새들의 노랫소리 우렁차다
한 뭉치 봄햇살이 뼛속까지 풀고 간다
물속에 모질게 뱉어 놓은 사람의 하얀 가래침 같은 개구리밥은
된바람 쫓아가며
논 한쪽 구석 죄 흔들면
경칩 날 햇귀에 세상이 밝아진다

소녀 가장 독거노인 시어머니 친정어머니 추위 타는 사람들
따스하게 보듬는 햇살에
무슨 정이 그리 많아
응어리진 갈등까지 단숨에 말아먹는다
경칩에 개구리알을 먹어야 눈이 밝아진다고 개구리알까지
말아먹는다

얽히고설킨 인연 맑은 해 등에 업고
터진 손 감싸 쥔 채로
동쪽 하늘 바라보면
국태민안 건양다경 입춘대길 기원하면
정좌한 소나무까지 허리를 숙이는 듯

요즘 여름

화마가 포식하는 시간
사체 위에 파리 소리 요란하다
먼 산에 터널 파는 발파 소리도
지표 위에서 불을 뿜는다
죽은 망령이 걸어가는 바다에도 하늘에도 빨간 불이
넘실넘실 춤을 춘다
불을 먹고 죽은 척 누워있는 느티나무 그늘이 무더위를 끌고
있다
팔랑거리는 새 떼들을 거느리고
여름 속으로 입성하려면 가벼운 체위로
곱슬머리처럼 해석이 굽이굽이 흘러내리는 물소리 바람 소리
에 촉각을 세운다
나무에서 태어난 이 뿌리 없는 이 몸 없는 그림자는 바다에서
왔을까 하늘에서 왔을까 땅에서 솟아올랐을까 바람이 날라다 준
햇살 한 줌 없는 무더위는 조용하다 적막하다
활활 타오르는 땡볕이 짓누르고 뒤틀고 쥐어짜다 빨간 혓바닥
으로 인두질한다
봄을 뚫고 나온 여름은 고집이 세다 붉은 해는 더 고집이 세다
예열의 시간도 없이 이글이글 불타는 태양의 고수머리 고집은
하늘도 땅도 막을 수 없다
지구촌은 지금 전쟁으로 쾅쾅 포성이 울리고 소리 없는 화산이
터져 수백 구 수천 구 시체가 나뒹군다
생명의 땅에 캄캄한 포연이 붉은 마그마가 천지를 뒤덮는다 검
은 유독 연기가 천길만길 솟아난다

죽은 자의 살과 피가 악취를 뿜어내고 굶주린 까마귀가 날아온다
폭음이 언덕에 들판에 마을에 누워있다
느티나무는 추위를 몰아올 날카로움으로 오늘 또 하루 둥근 원
을 그리며 찬 바람을
내민다 지상의 불붙는 욕망을 회초리로 친다
매질은 엉키는 방식에 따라 수백 가지 무늬로 바뀐다
끝없이 부화하는 햇살을 식히기 위해 그림자로 돗자리를 펼치
는 것은 어머니의 보금자리 같은 느티나무 그늘
여름엔 때때로 태양을 하늘 깊숙이 숨기고 비를 부르는 어두운
구름의 생존 방식이면 좋겠다
매듭을 열어 지나가는 계절이지만
한철 풀리지 않은 더위와 소음과 햇볕이 보폭을 줄이고 줄여서
걸을 때
차가운 초록의 예를 들어 들려주는 전설이 있는 이 나무는
뜨거운 해를 심장에 얹고 헐떡거리는 사람들이 이야기꽃을 피
우게 할 것이고 그늘 속의 어둠 속에서 거미들은 며칠 식사를 보
관해 둘 것이다 거리에는 아직도 뒹굴고 있는 화마가
하루 동안 분노한 안색을 캄캄한 밤에도 바꾸지 않을 것이고
애인을 찾아 욕망이 불타오르는 혓바닥을 뽑아 헐떡거리는
이처럼 죽을 것 같은 여름이 올 거면 봄도 오지 말아라 깨진
컵 같은 날은

비

젖은 밤을 하늘에 내걸고 어둠을 길어와 대지에 붓는다
생각 한쪽을 무너뜨리는 물동이를 인 구름들이 모여든다
침묵으로 끓고 있는 바다에 하늘은 보이지 않고 물방울만 양서
류처럼 뛴다
잠잠해지는 바다 침묵하는 바다
팽팽하게 당겨도 그 끝은 높고 깊다

물을 뿜고 있는 매서운 눈초리들이
코끼리 귀를 비비다 고래 머리를 꼬집다 무기력한 바다와 육지
를 후려친다
졸고 있던 푸석푸석한 골목들이 눈을 뜬다
새가 날개를 비비는 새소리가 여기저기서 들린다
초원을 달리는 짐승의 무수한 발소리가 들린다

할머니가 아랫목에 굽은 등을 노글노글 지지다가 창문을 연다
속살이 부드러운 방바닥에 물방울이 쉼표로 떨어지고
혀끝으로 돌돌 말아 올린 쫀득쫀득한 상쾌한 냉기가 얼굴을 만
진다
눈을 떠도 눈을 감아도 맑은 샘물 파는 하늘소리 들린다
동그란 얼굴 동그란 물방울 맑고 희다

긴 창문을 연다

하늘과 바다가 깨어난다

바람의 속도로 길어지는 하늘의 발자국들이 온 천지에 줄을 선다

부풀어 올랐다가 쉽게 꺼져버리는 물의 맑은 입자들

온 천지에 퉁퉁 불은 물의 신들이 단단한 어금니로 연결된 하늘과 땅의 벽을 무너뜨리고 있다

물의 혓바닥이 아래위가 터진 책갑을 씌우듯 메마른 하늘과 땅을 덮는다

펄펄 끓는 수많은 아스팔트와 수많은 건물을 순식간에 집어삼킨다

안과 밖 통증이 사라지고 숲이 깨어난다

간간이 흘러나오는 여인들 수다 소리 다정하게 들린다

베란다 젖은 화분 사이로 바스락바스락 걸어 다니던 몇 잎 낙엽도 물이 된다

앞을 봐도 우는 소리 뒤를 봐도 우는 소리 비바람에 내 옷자락도 따라 운다

물을 담은 동그란 머그잔을 손에 쥐고 있는 할머니도 물을 쏟아 젖은 방이 더 젖는다

젖은 곳의 물방울이 점점 모여들어 부풀어 오른다

소낙비

하늘은 구름 속에 블랙홀을 숨기고 있다
수백 겹 구름을 걸친 하늘의 육중한 그늘이
초등학교 운동장을 잡아먹고 마트를 잡아먹고
편의점을 잡아먹고 급기야 우리 집까지 잡아먹는다

젖은 잠을 하늘에 내 거니 아침이다
예고된 일기였으나 구름이 키를 키워 여름이
갈망이라도 하듯 거대한 반경으로 물줄기를 쏟는다
시간이 지날수록 짙어지는 어둠
그 끝도 시작도 아무도 짐작할 수 없다
모든 걸 집어삼킬 듯한 블랙홀의 아가리가
빨아들이는 건 순식간

생각 한쪽을 무너뜨리는 천둥과 번개
줄기찬 빗소리 광풍 노도
세상이 섬처럼 엎드려 있다
이럴 줄 알았으면 이까짓 젖가슴 배고픈 고아에게나 줄 것을
이럴 줄 알았으면 이까짓 내 몸 물고기에게나 줄 것을
세상은 문득 낯설어지고 비는 사소한 바람에도 신경을 곤두세
운다

동그란 배를 안고 여자가 누워있다
방에서 숨이 턱턱 막히는 여자
여자의 머리카락이 창틀에서 휘날린다
혓바닥이 열쇠를 찾아 열쇠 구멍에 낀다
여자는 여자의 몸 밖의 유리창에 매달려 비명을 지르고 있다
죽어도 찾아오는 희망
자궁이 문을 열어 세상에 불을 환하게 켠다
하늘에 구름다리를 건너온 까만 머리 아이가 나타나고
여자의 치맛주름 속에서 아이의 울음소리가 난다

날씨가 깨어난다
파도를 따라가면
갈매기가 하늘 높이 날아오른다
목숨을 다해 하늘을 섬기고 바다를 섬긴다
하늘에도 바다에도 푸른 무늬가 풀잎처럼 돋아난다

개미 떼

개미를 보라 개미가 아닌 개미를 보라
첫 번째 두 번째 다리를 보라 세 번째 네 번째 다리는 더 자세
히 보라
걸음을 뗄 때마다 발이 없다 잘록한 허리가 없다
너는 사막 위를 걸어 다니듯 아무 곳에도 달라붙지 않고 삭막
하게 걸어 다닌다
또 지구를 다스리는 컴퓨터도 해독 못 한 끈적끈적한 인정머리
가 없다
그리고 우리의 난제는 안쪽이었다 동물의 눈으로도 볼 수 없는
안쪽 말이다
그 깊은 벽과 어두운 방을 파헤치고 아장아장 먹이를 나른다
3차원 4차원의 개미걸음을 보라 개미를 보라 개미 로봇을 보라
실체는 헐렁헐렁하고 물렁물렁하다
때론 달력이 젖기도 한다
골목을 깨우기 위해 어둠을 밀치는 창문들이 대부분 사각인 것
은 세상의 국경선을 분리하기 때문일까
또 악천후를 견디는 것도 집에 창문을 달았기 때문일까
옷깃을 여미고 있는 또렷한 내장 기관들이 모니터에 보인다
남쪽 북쪽 동쪽 서쪽
일년내내 아무도 다녀가지 않은 곳도 있다
안과 바깥은 서로에게 통로이다
어떤 목적으로 서로가 집요하다
여기저기 약국들이 세상의 안녕과 평화를 꿈꾼다
어디에 있어도 바람이 분다

바깥처럼 안쪽에서도 강물이 출렁인다

몸 안에 돌도 있고 숲도 있고 몸 밖에도 있다

지구의 생명들은 간신히 실핏줄로 연결되어 있다

지구가 조금씩 무너져 내린다

뇌는 윙윙 벌 소리로 흘러내리고 설산은 온실가스로 흘러내린다

잿빛 안개 속에 있는 나무들을 보라 가지에 붙은 나뭇잎들이 오므라들었다

나뭇가지에 맺힌 열매를 세어보았는데 원래 낙과가 많았는데 낙과 아닌 낙과가 더 많다

개미가 걸을 때마다 미로처럼 길이 생겨난다

지구에 꽃대가 올라오고 꽃이 핀다

물론 조그만 구멍만 남기고 녹아버리는 길도 더러 있지만

추운 날과 비 오는 날엔 뭉치고 꽃피는 봄날엔 길게 늘어서고

한평생 몸을 뒤집어도 길을 연속해 찾는 지구의 개미들

다른 모양을 가진 유색 종들도 많다

바글바글 지나가고 기어오르면 삐뚤어진 길도 개척하며 간다

마침내 오랜 시간에 걸쳐 끼어들 수 없는 줄을 지어 아무도 따라잡을 수 없는 걸음을 멈추지 않았다

밀항선을 타고 비행기를 타고 윙윙 전 세계로 격렬한 속도로 스며든다

검은 먼지가 눈을 아무리 흐리게 해도 동그란 눈을 크게 뜨는 우리를 개미 떼라 부른다

모기 날으신다

몸을 덥힌 얇은 속옷들
가끔 반짝이기도 하고 붉은 혓바닥을 내밀기도 한다
태어나긴 조물주로 태어났는데
맞춤법이 좀 틀려 한낱 미물에 불과한 칙칙한 벌레의 몸이 되어
한철 붉은 헌혈을 받자고 페스티벌을 벌인다

온 만큼 가는 것들
시간도 가는 것인지 오는 것인지
헤어짐이 서툰 나날들
꼭 이별을 위한 사랑의 증표로 피를 받는다
머리에 붙은 주사기가 대포다
모기가 대포 쏜다는 말을 윙윙하고 싶다
이스트 넣은 빵처럼 빨대를 부풀 대로 부풀려
칙칙한 네 가려운 속을
몇 점 추억으로 남겨 두고
방에서 시장 입구에서 가게에서 마늘을 까는 팔에 다리에 달라
붙어
소녀 가장 독거노인 아주머니 아가씨 아저씨 총각 한 사람도
차별하지 않고
주사기를 감싸 쥔 채로
알맞은 깊이라면 들 만한 깊이라면 별이 든 눈동자로 깜박이고
반짝여서

단 한 모금 죽고 싶을 만큼 먹고 싶어
  허락하지 않는 피를 가마솥더위에 지칠 때마다 정신 차리라고
일침을 놓는다

  출처를 밝힐 필요가 나에겐 없었다
  떴다가 감았다가 점멸하는 등대같이
  껐다가 다시 켜는 반복법으로 윙윙 울면서 늘 인사를 할 뿐
  한점 혈육인 양 달콤한 피를 헌혈 받는다
  고려 건칠희랑대사좌상은 우리 조상 구휼미로 헌혈하다 목구
멍이 뚫렸다는데
  무난한 건 안 되는지
  죽도록 달려야 사는 물도 목청을 돋우고
  나도 우렁우렁 운다

  의식이 왔다 갔다 잠이 비처럼 쏟아지는 불멸의 행성에서
  운석을 지나 사막을 지나 침몰하는 국경선도 넘었다
  혈은 빠지면 또 빠진 만큼 생겨
  내가 먹어도 먹었다고 할 수 없다
  빨간 나의 사랑 정좌한 사람도 많고 누워있는 사람도 많아
  윙윙 망설임 없이 죄 많은 육신을 오늘도 구걸한다
  나는 바람을 따라 달과 함께 춤추며 노래하며

옥수수

식었다 뜨거워지는 햇빛 물 바람이 내 몸에 금을 내고 있는 줄
몰랐다

열정과 지워야 할 생각이 사무칠 때마다 입이 갈라자고 몸이
꼬였다

내 몸 깊숙한 곳까지 금이 가는 소리가 들렸고 날카로운 칼이
들어왔다

칼자국을 보고 있자니 무슨 선이 이렇게 많은지 금이 간 틈으
로 혓바닥이 생겨났다

푸른 혓바닥으로 내 속에 소리를 내기도 했고 물소리 바람 소
리 새소리도 냈다

그 소리는 천 갈래 만 갈래 찢어졌다

모래알같이 많은 나의 날 중 몇 년의 몇 달의 나쁜 꿈을 꾸는
중일 거야

부동의 자세로 손바닥을 모아 기도하는 풀과 나무들을 봐

내 속에서 나오는 느낌과 소리는 더욱더 푸르다고

그 향기와 냄새가 더하고 또 더해 나는 무럭무럭 자랐고 속을
텅텅 비운 나는 더 빨리 자라났다 좋은 것만 기억하자는 결심은
꿈속까지 따라왔다

오전과 오후 저녁과 밤 사이를 갈라 누가 나무와 풀로 바꿔놓
으려 가위바위보를 시킨다

나는 키가 크고 단단한 나무가 되겠다고 수백 번 수천 번 두
손가락을 들고 가위를 냈다

바람에 몸이 이리저리 흔들리며 또 하늘 높이 손가락을 펴고 부동의 자세로 기도문을 읽고 찬송가를 부른다

내 몸에 수많은 생명의 알갱이들이 손가락에 다닥다닥 붙어 하얀 웃음을 머금는다

들판에서 불어오는 바람은 그 발자국 속에 미열이 남아 있는 것도 느낀다

내 몸속에 퍼진 독기까지 하얀 알갱이로 부풀어 올랐다

온통 하늘의 붉은 기운을 받은 나의 기도는 알알이 흰 언어로 빛났고

따뜻한 해도 한 알 두 알 내 손가락에 끝없이 매달렸다 하얀 치아처럼 자라나는 알갱이들은

내가 숨긴 침묵까지 고스란히 그 속에 담아 점점 더 부풀어 올랐다

구멍 난 가는 나무 기둥을 쥐고 있으면 들뜬 열이 내려가고 실없는 웃음까지 꽉꽉 다진 나의 손가락은 부풀어 오르는 흙 위에서 완성되었다 손가락을 오래 들여다보았다

줄을 선 하얀 알갱이들이 끝없는 웃음을 머금고 조잘조잘 이야기꽃을 피운다

배가 고파 우는 아이도 나를 한입 물고 웃는다

풋풋한 산골 소년도 가지런한 하모니카를 분다

풋사과의 계절

　현관문을 열었다 닫았다 나무 한 그루의 기척
　집 밖의 세계에 발을 내디딘 나는 조용해진다
　속이 없는 허공 그 허공조차 없는 하늘
　중천의 둥근 알이 핑그르르 전구를 돌린다
　흔들리는 빛이 맛있는 빛이 곱게 밀려온다
　숲과 초원 그곳으로 눈이 가고 몸이 가고
　두 볼이 동쪽으로 빨갛게 물들어 간다
　숲 그림자가 내려앉은 곳에 길을 걷는다
　해와 초록이 뒤엉키는 시간 바람이 쌓이는 소리를 듣는다
　바가지요금 도깨비 탈이 없는 세상
　나무 사이를 채우는 초록빛을 보고 있으면
　물도 바람도 없는 해가 환하게 나타나고
　나는 한 마리 물고기인지 바람에 휩쓸려 떠밀려 간다
　무늬의 맛을 즐기는 구름이 박혀 있는 하늘엔 해가 내 어금니
와 연결되어
　몸이 따뜻하고 초록의 그물은 악착스러워 나를 포획한다

눈 밖의 여름이 나를 흔든다
나뭇가지는 이파리와 함께 있어
나무밖에 이야기는 하나도 없다 하고
씨의 눈을 숨길 수 없어 과수원의 풋과일은 푸른 살 오르고
철조망같이 빈틈없는 계절들
딱딱한 무게를 가지 끝에 대롱대롱 매달아 놓았다

눈 밖에 난 푸른 여름이 여름 내내 흔들린다고
유독 허공의 맛을 즐기는 풋사과는 집 한 채 한 채 공사로 풋
풋해진다
죽은 옹이는 바람의 말을 듣는 귀
바람이 오고 갈 때마다 검은 눈을 반짝인다

말복엔 해의 무릎이 천천히 녹아내려 사과가 익어가는 시간
나는 한 계절 뒤에 눈먼 나무의 표정으로 비스듬한 산자락에
붙어 오므라들었다 떨어졌다 한다

물때

사리때다 엄마와 바지락을 캐러 간다 엄마는 이모를 도우라 했다
엄마 나는 이모가 없는데요 이웃이 가족이잖니
단숨에 알아차리지 못해 멍하기는 이제 중학생이 될 텐데
새 떼처럼 파도는 날았고 바다는 울음을 멈추지 않았다
모래사장은 구덩이로 가득하다
저 안에서 움직이는 게 보이니? 엄마 움직이는 게 너무 많아요
그래도 움직이는 것은 하나뿐이란다
나는 엄마의 말을 알 것도 같고 모를 것도 같다
뻘밭으로 발을 옮기며 나는 축축한 바다가 된다
손금을 가지고 나온 동네 아낙네들이 금값이 올랐다고 한다
손금을 딸려 보내면 더 값이 나갈까 엄마가 농으로 말한다.
뻘밭에 작은 구멍들 속에 바지락이 있단다
등을 돌려 앉은 엄마는 쇠갈쾡이로 뻘 바닥을 푹푹 파 올린다
나는 앉아서 움푹한 바닥을 들여다본다
모래 속에는 모래가 들었다
사람은 또 사람을 닮았다 이모는 옆집 아주머닌가
나는 조개껍데기를 손에 쥐고 땅을 헤집는다

엄마 바지락을 얼마나 캐야 하나요

할머니의 배를 채우기에는 아직 모자란다

뻘밭을 뒤집는 사람들 저 멀리서 천방지축 뛰어다니는 파도는
도무지 헤아릴 수 없다

바지락이 차곡차곡 쌓여간다

머지않아 할머니들이 너무 많아 바다에 숨은 바지락을 다 파
올려도 배는 고플 거야.

바지락은 움찔거린다 눈에 초점 없이도 걷는 할머니같이

나는 빈 껍질은 골라내고 바지락을 씻어 양동이에 담는다

아이들은 모래를 모아 다독이며 십자가를 긋는다

엄마는 나를 보고 다 커버렸구나 한 손으로 쓰다듬는다

천으로 양동이를 덮는다

바람에 날아다니는 모래가 입안에 서걱거리고

덜컥 파란 바다는 정지 영상을 멈추고

우리를 향해 진격하기 시작한다.

바다의 끝이 나가는 문이라는 걸 아는 사람들이

모두 문을 향해 걸어간다 끝으로 끝으로

강변에 모래밭

강변에 갈대밭
길고 깊은 그 모래성
밑바닥부터 울리는 선율은
내가 지난날 듣던 아련한 금빛 은빛 물결 소리
하얀 모래밭에 처음 내 이름 써 내려간 귓불이 붉은 소녀

그 소녀 내 마음속 깊은 곳에까지 조잘조잘
대화의 물줄기마다 대가극
나비와 꿀벌들도 잉잉거리고
물 위로 이름 모르는 새도 훨훨 춤추고 날았지

강변에 갈대밭
영원히 잠들지 못하는 밤을 노래하는 강물 소리
눈을 감아도 눈을 떠도 여기서 저기서 들린다
너는 내 이름을 부르고 나는 네 이름 부르고
슬퍼도 기뻐도 강바람 죄 꺾으며 굽이굽이 춤추는 섬진강

강변에 갈대밭
바람이 우는지 갈대가 우는지 강물이 우는지
귀 먼 저 섬진강
내 마음 네 마음 따라 운다
출렁출렁 그 울음소리 그치지 않는다

강 한복판에 홀로 서 있는 기러기 한 마리
물속으로 들어갔다 하늘 높이 날아오른다
멀리 날아갔다 다시 돌아온 또 다른 기러기 한 마리
짜깁기한 고단한 세월까지 푸짐하게 상 차려 놓고 입맛 도는지
나란히 서서 또 다른 섬진강물을 쫀다

하얀 머리카락이 황혼빛에 여백도 없이 붉게 타오른다

황강 위의 안개

머리 긴 나무들 제 몸 태우며 빛나고
아침저녁으로 황강엔 안개 등 건다
번뇌도 끊고 물결도 끊고
하늘을 향한 영혼 뒷덜미가 하얗다
숲과 강 외엔 함부로 생을 펼치지 마라
각별히 인용된 생애
허공 속으로 던져진 하얀 휴지와 날씨들
나는 알몸을 덮으려 하고 당신은 알몸을 보이려 한다
꽃들의 전생 같은 이 긴긴 장막들
내 속에 감염병을 조심하라
김이 서린 허공은 수심이 깊다
의심이 의심을 부르는 생도 그립다
알 수 없는 신호들을 쏟아낸다
가까이 다가서면 아무것도 없는 것들이 세계의 비밀을 엿본다
내 속에 내가 없는 것에 대해서 생각만 할 뿐
허공에 흩어진 하얀 흔적
황강에 수장된 시간이 강물의 노래에 대해 기억해 내고

고개를 한 번도 숙이지 않고 뜨거운 물의 꿈 하늘 높이 꾸면서
머리카락을 하늘 높이 풀고 있다
새들은 새들의 방식으로 말하고
안개는 하늘의 조명을 받아 말 없는 연극을 한다
혹 연기라 하고
혹 물방울이라 하고
어둠을 깨고 새로 태어난 해의 얼굴이 새빨개졌지만
차가운 물기로 풍성하게 복사해 내는 이 골목 이 거리는 안개
버려진 손톱도 조각난 벽돌도 언제나 희미하게 웃고 있다.
햇볕 한줄기에도 무지개를 펼친다
인생은 성공하는 일보다 실패하는 일이란다
천 년을 살 것인 양 괴로워도
무엇을 외치고 견뎌보아도
누구도 보지 못하고
나도 보지 못하고
뒤틀린 몸 몸짓
무성한 소문들 요란한 날씨들

사해에 누워

왜 코가 보이는 걸까
이삭 따위가 특히 길어지면 좋으련만
아니면 내가 뛰어난 요리사가 되려나
허공에 떠 있는 것은 콧구멍과 치아 흐늘거리는 두 팔뿐
다리를 들어 올리면 부력에서 벗어나려나
엉덩이가 둥둥 떠올라
날아다니는 우주가 되는 거냐
입으로 물이 들어갔다 코로 물이 나온다
머릿속으로 파도가 들어갔다 엉덩이에서 파도가 나온다
빙하기 이전엔 거짓말이 빙하기 이후엔 참말일까
바다가 팽창하는 시간
멀쩡히 일어나서 지각하는 파도는 되고 싶은 가벼운 파도보다
가끔 되고 싶지도 않은 무거운 너울이 된다
토성에서 왔나 목성에서 왔나 화성에서 왔나
유럽 오세아니아 아메리카 아프리카 아시아
멸치도 만나고 싶다 꽁치도 청어도 만나고 싶다 적당히 살아있
는 듯 적당히 죽어가는 듯 미끌미끌한 미역도 만지고 싶다
몸에 담아둔 우주들을 풀어놓는 시간
배에 힘을 주고 뿡뿡 방귀를 뀐다 뽀글뽀글 물방울 꽃이 핀다
높은 하늘엔 갈매기가 날아다니고 절벽 같은 빙하도 보인다

문득 시계 반대 방향으로 돌고 싶은 나의 가는 몸부림
만성 변비가 나을 징조일까
한의원을 찾다가 부적을 몸에 지니다가 정화수 떠 놓고 빌다가
오늘은 삶에서 과열된 나를 식히기 위해 죽이기 위해
은하수가 방울방울 내 손발 위로 흩어진다
지구에 남는 건 호모 사피엔스뿐일까
여기저기 출렁출렁 길들이 펼쳐지기도 하고 숨 막히기도 한다
나는 한 조각 구름인가 해를 향해 따라가고 서걱거리는 먹구름
에 막히기도 한다
여기선 세상의 눈치를 볼 필요가 없다
나는 바람에게 몸을 빼앗겨 우는 물을 더듬는다
홀랑 몸을 벗고 뽀드득 뽀드득 몸을 씻고 균형을 잡을 테니까
물속에서 발을 흔들고 손을 흔들고 유쾌해졌다
물이 흔들리지 않으면 조수끼리 안 싸우지 않을까
나는 신이 내려서 나는 신이 나서 아무도 몰래 휘파람을 분다
신이 인간을 만들었을까 물이 인간들 만들었을까
섹시한 팬티 속에 파도가 스며들어 지구는 돌아간다
생이란 내일의 근심이 기다리고 있겠지만
누군가 마음은 어디에 있느냐고 묻는다면
흔들리는 물속에 있다 고개 드는 푸른 목 심줄

야영

당분간 로드 낚싯대 같은 것이 있으면 좋겠는데
물고기가 필요한 것은 아니지만
바다를 휘두르는 마법 지팡이도 필요하겠고
파도타기 같은 상상은 점점 더하겠지만
녹색 파도와 파도의 흰 거품은 위험한 시그널이 될 수도 있겠지
또 몽상은 트릭이라고도 하지
결국엔 슬기로운 야영을 즐기자는 것이지만

바람이 분다
검은 새들이 난다 흰 새들이 난다
모래들이 눈에 자꾸 끼어든다
모래 위를 걷는다
길 위를 걷는다
길이 없어도 세상은 모두 길이 될 수도 있다
그 대안으로 검은 눈들이 나란히 나란히 앞을 본다
참게도 바지락도 하늘의 달도 머리카락을 휘날리며 하늘하늘
걷는다

하늘을 나는 새는 자연적인가
미련한 몸을 일으켜 세워 바다를 끌고 가는 절벽을 끌고 가는
나는 인위적인가

머리카락을 날리게 한 것은 바람일 수도 있고 나의 발일 수도
있다

왼쪽 발을 높이 들어 올린다 몸이 흔들린다 머리카락이 흔들린다

나는 머리가 긴 여자
나는 머리가 깨끗한 여자
호흡을 끊었다 긴 숨을 내쉰다
폭죽처럼 피어오르는 파도의 소멸이 행복인지 불행인지 자유
인지 모르겠고
머리카락이 말하는 입을 덮는다
또 말을 덮는다
어때 구속이라는 단어가 기형으로 태어나는 건
누가 쳐놓은 건간망 같다

악마를 죽이려다 천사가 죽었다는 이야기를 생각하자 앞 머리
카락이 흔들린다
앞 머리카락은 보이지만 뒤 머리카락은 볼 수 없다 뒤는 앞이
벽이고 앞은 뒤가 벽이다
나는 벽을 벽이라고만 생각하지 않는다
벽을 문이라 생각한다
문은 또 순리라고 생각한다
문이 닫힌 뒤 머리카락이 바람을 흔든다
하늘에 해가 스며든 머리카락이 깜박이고 반짝인다

떠났다 돌아왔다 점멸하는 등대는 달 속에도 있지만 내 속에도
있다

사방에서 바람이 몰려들고 흩어진 모래들은 바람처럼 가볍고
소란스럽다
　길게 드리운 파도는 화려한 물장구를 치며 수많은 변명을 늘어
놓는다
　바람과 물이 뿌려놓은 바다는 조수로 때때로 위험하고
　나를 도와줄 까칠한 발은 두 개뿐이다 자 이제 양쪽 팔을 이용
하자
　모래 속에 숨은 물을 보지 못해 발이 젖는다
　아무도 원하지 않는데 머리카락이 흔들리는 것은 회전의 의미
일까
　불의 행태로 시간을 태우는 지구의 늦은 오후 하품하는 해를
본다
　오늘 누가 해와 달을 따라 나를 찾아 나섰는지 모르겠다

　바다에서 나온 바람이 내 머리카락을 흔들고 몸을 흔든다
　나는 나에게 달라붙지 않고 끝없이 끌려다니고 있다
　물과 바람 빛과 모래 그 실체는 모두 헐렁헐렁하다
　두 손아귀로 꼭 쥐어도 뭉쳐지지도 잡히지도 않는다
　결국 그 속에서 나는 추방당하는 육지의 한 동물이겠지만 ·
　바다를 안고 미련 한 몸이 모래 위에 와르르 길게 드러눕는다
　추방당하기는 싫은 듯

앞서 나온 엄환섭 시집들

엄환섭 첫시집
시를
배달해드립니다
신4.6판/150쪽/7,000원

엄환섭 두 번째 시집
꽃잎 되어
하늘로 가는 하루
신4.6판/158쪽/8,000원

엄환섭 세 번째 시집
호박돌에서
하늘 낚아라
신4.6판/150쪽/10,000원

엽환섭 네 번째 시집
진혼빼꽃
말을 하고 싶어요
신4.6판/152쪽/10,000원

엽환섭 다섯 번째 시집
풀과 나무에서
별을 보며
신4.6판/128쪽/10,000원

엽환섭 여섯 번째 시집
먼지 낀
세월 사이로 별이뜨고
신4.6판/144쪽/10,000원

엽환섭 일곱 번째 시집
초록인 듯 붉은,
흰 듯 검은 악의꽃
신4.6판/136쪽/10,000원

엽환섭 여덟 번째 시집
풀
신 4.6판/132쪽/10,000원

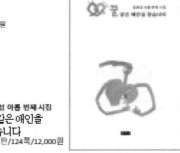

엽환섭 아홉 번째 시집
꿈 같은 애인을
찾습니다
신4.6판/124쪽/12,000원